우리는 닮아가거나 사랑하겠지

# 우리는 닮아가거나 사랑하겠지

### 김동영 산문집

# 생선구이를 먹을 때
# 생각하는 것

김동영이라는 이름보다

생선이라는 별명을 오랫동안 사용하고 있지만 정작 생선
은 좋아하지 않는다. 별명 때문에 생선을 먹지 않는 건 아니
고 전혀 입에 못 대는 것도 아니고 그렇다고 어릴 때 트라우
마가 생겼을 만큼 목에 거대한 가시가 걸린 적이 있는 것도
아니다. 그저 즐겨 먹지 않을 뿐이다. 생선 하면 꼭 함께 떠오
르는 기억이 있기 때문이라고 말하는 게 정확할지 모르겠다.

내가 어릴 때도 할머니는 할머니였다.

나는 젊은 할머니의 모습을 모른다. 나는 할머니와 36년

을 함께 살았고, 그중 20년은 할머니와 한방에서 지냈을 정도로 아주 친밀한 사이였다. 방을 따로 쓰게 된 이후에도 간혹 할머니 방에서 자기도 했으니깐.

할머니는 귀가 잘 안 들렸고 눈도 잘 보이지 않았으며 허리가 70도 정도로 굽어서 늘 지팡이를 짚고 다니셨다. 돌아가시기 전까지도 마찬가지였다.

우리 할머니는 복이 많으셨던 걸까? 치매나 풍에 걸리지 않아 모든 걸 다 기억하셨고 100세가 넘어도 가끔 내 밥을 챙겨주셨으며, 기분이 좋을 때면 내 손을 잡고 춤을 추셨다.

내가 아주 어릴 적이나 107세에 돌아가셨을 때나 할머니의 모습은 한결같았다. 다만 할머니와 이야기할 땐 동작도 크게 하고 말도 크게 해야 소통할 수 있었다. "식사하세요"라고 말할 때는 오른손으로 밥 먹는 동작을 하며 "밥! 밥! 밥"이라고 소리쳐야 했다. 산책하러 갈 때면 할머니 손을 꼭 잡고 내가 할머니의 눈이 되어 주변 풍경이나 동네 사람들의 모습을 설명해드렸다. 아마 할머니가 보는 세상은 뿌옇고 윤곽만 있는 무채색의 안개 속 같았을 것이다. 할머니의 귀와 눈은 조금씩 조금씩 감각을 잃어가고 있었다.

그럼에도 지금까지도 신기한 건, 생선조림이나 구이가 반찬으로 있던 날에 할머니는 언제나 가시를 발라낸 생선 순살을 먹기 편하게 내 숟가락에 올려주셨다는 거다. 젓가락을 사용하는 게 아니라 본인 손으로 일일이 가시를 발라내주셨다. 그러고 나면 할머니의 손은 생선 기름이 잔뜩 묻어 번들거렸다.

철없던 나는 할머니가 발라준 순살만 당연한 듯 먹었다. 그리고 할머니 당신은 가시에 붙어 있는 작은 살점이나 껍질을 드셨다. 나는 그러지 마시라고 큰 소리로 말하며 손사래를 쳤지만, 할머니는 그래도 생선을 많이 먹어야 본인처럼 허리가 굽지 않는다며 꼼꼼하게 가시를 발라낸 후 내 밥 위에 올려놓으셨다.

할머니는 알이 두꺼운 안경을 쓰셨고, 눈동자는 굴곡 많던 자신의 세월처럼 바랜 회색이었다. 잘 보이지 않는데도 어떻게 그 가는 생선 가시들을 발라주셨는지 알 수 없다. 오로지 손가락 끝의 감각으로 그리하신 것만 같아 종종 그 장면을 떠올리면 마음이 처마에서 떨어진 눈처럼 바닥으로 내려앉는다.

아무튼 할머니는 어릴 때는 어려서, 커서는 어른이니까

잘 먹어야 한다는 이유로 내게 생선을 먹이려 하셨다. 돌아가시기 전까지도 말이다.

조건 없는 사랑이란 할머니가 내게 보여준 행동, 그 자체라는 생각이 든다. 자신처럼 허리가 굽지 않길 바라는 마음으로 잘 보이지 않는 눈으로 생선 가시를 발라주는 것. 나라면 과연 그럴 수 있을까? 누군가를 위해서 내 약점과 단점을 이겨내면서까지 다른 사람을 사랑하고 배려할 수 있을까?

나는 중년이 되었고 지금까지 싱글이다. 아직 가족을 만들지 못해서일까? 아니면 태어날 때부터 이기적이라서 그럴까? 나만 생각하고, 나만 걱정하고, 오로지 나만을 위해 살아가느라 허덕이고 있다. 그게 부끄럽지도 않고 양심의 가책도 못 느낄뿐더러 그저 내 안녕만을 바랄 뿐이다.

할머니가 아직 살아계셔서 이런 이기적인 날 보신다면 뭐라고 하실까? 아마 아무 말 없이 나를 얼싸안고 춤만 추실 게 분명하다. 아무리 내가 이기적이고 천하의 나쁜 놈이라도 할머니에게만큼은 귀하고 사랑스러운 존재일 테니.

지금에 와서 생각해보면 할머니는 손자가 철이 들 시기에 버릇을 잘못 들이신 것 같다. 왜냐하면 나는 가시가 있는 생선 요리는 입에 잘 대지 않는다. 뭐랄까, 스스로 가시를 발라서 생선을 먹는 일은 할머니가 챙겨주실 때만큼 맛있지도 않고 귀찮기만 하다. 그러나 거리를 걷다가 우연히 생선구잇집 간판을 볼 때나 어디선가 생선 굽는 냄새가 풍겨올 때면 할머니의 손길이 떠오른다. 사람이 사랑을 받는 게 어떤 것인지를 생각하곤 한다.

# 내가 잘하길 바라는
# 그녀의 방식

라디오국에서 일한다는 건,

365일을 휴일 없이 일하는 것과 마찬가지다. 일요일이나 공휴일이라고 해서 쉴 수 있는 것도 아니고 제대로 된 휴가도 없다. 비가 내린다고, 날씨가 너무 좋다고, 디제이가 아프다고 해서 방송을 안 하는 때란 없다. 세계가 멸망하기 1초 전까지 방송은 계속되어야 하기 때문이다. 게다가 방송에서는 단 10초의 고요도 용납되지 않는다. 모든 것이 소리로만 전해지기에 찰나의 침묵도 음악으로든 디제이의 어떤 말로든 채워야 한다. 만약 라디오를 듣다 정적이 흐른다면 그건 방송 사고나 진짜 어마어마한 일이 세상에 일어났다는 의미다.

라디오는 그런 것이다.

라디오 작가가 쓰는 원고는 디제이가 진행할 때 반드시 필요한 지도와 나침반과 같다. 주어진 시간을 어떻게 이끌지에 대한 모든 것이 담겨 있다. 언제 음악이 나오고 청취자들의 문자나 사연 중 어떤 걸 읽어야 하는지, 그리고 출연자와 어떤 이야기를 나눌지에 관한 것들이 분 단위로 쓰여 있다. 디제이마다 다르겠지만 어떤 디제이에게는 말 토씨 하나까지 다 써줘야 하고(호흡을 언제 할지까지 알려주기도 하고, 목소리의 표정이 어때야 하는지 써주는 때도 있다), 능숙한 디제이는 중요한 부분만 짚어주면 매끄럽게 진행한다(이소라, 성시경, 테이, 최강희, 김종현 같은 디제이와 일해봤지만, 그런 점에서 그들은 최고다. 그들은 태어날 때 마이크를 잡고 나왔을 가능성이 크다). 그러나 아무리 좋은 디제이도 원고가 없다면 횡설수설하다 시간을 다 보낼 것이다.

라디오 원고가 정말 중요하다는 사실은 두말할 나위가 없지만, 내가 쓴 방송 원고는 일주일에 두세 번씩 가을바람에 휘날리는 낙엽처럼 우수수 사무실 바닥으로 떨어졌다. 원고를 던지는 사람은 라디오 피디였다. 내 딴에는 잘 쓰려고 오랜 시간 뼈를 깎아 쓴 원고들이 내동댕이쳐지는 모습을 볼 때마다 어떤 부분이 그녀의 마음에 안 들었는지 짐작도 되지 않았다.

내 존엄과 자존심은 무참히 짓밟혔다. 그 넓은 사무실에 다른 작가들과 피디들도 많았는데 굳이 그렇게까지 해야 했을까. 그 피디가 성격이상자 같기만 했다.

내 담당 프로의 피디는 원고에 있어서는 내게 한 치의 자비도 없는 여왕 같았다. 도대체 얼마나 잘못되었길래 매번 이러는지 알 수가 없었다. 철저하게 내가 미웠던 건지 아니면 종잡을 수 없는 히스테리인지 알 수 없었지만, 그녀는 마치 이집트인 감독관이 가여운 유대인 노예들을 쥐어짜듯 날 괴롭혔다. 계속해서 영혼까지 털리다보니 꿈에 나올 정도로 그녀가 무서웠고 하루빨리 이 일을 때려치우지 않으면 안 될 것 같았다.

다른 작가들이나 피디들도 이런 내가 안돼 보였는지 "그분 성격이 제멋대로고 세상 둘도 없을 또라이니깐 네가 참아"라고 하거나 '다른 자리를 알아봐주겠다'고 할 정도였다. 그렇게 방송 전에 한바탕하고 나면, 행여나 그걸 남이 볼까봐 떨어진 원고를 빨리 주워 자리로 가서 부끄러움에 잔뜩 붉어진 얼굴로 그날 원고를 다시 써야 했다. 방송 시간에 맞춰 쓰는 건 도저히 무리였기에 초긴장 상태로 원고를 쓰고 있으면 피디가 와서 내가 새롭게 쓴 글을 살펴보았다. 그리고 "그렇지, 이렇게 써야지! 최대한 방송 시간까지 써. 네 코너는 늦게 들어가니까 생방송에는 들어오지 말고 코너 시작하기 전까지 끝내서 가지고 와" 하고는 방송을 하러 갔다. 그 작은 칭찬에 이내 기분이 좋아져, 나는 정말 부리나케 써서 겨우 코너 시간까지 맞춰 원고를 스튜디오로 가지고 갔다. 그러면 피디는 읽어보지도 않고 이소라 디제이에게 원고를 건네며 "생선이 피 흘리며 쓴 원고니까 잘 부탁해"라고 말했다.

하루하루가 외줄타기처럼 아슬아슬했다. 매일 이렇게 쪼이고 혼나다보니 없던 과민대장증후군이 생겨 자주 화장실을 들락거렸다. 그땐 늘 마음속으로 다음 개편 때까지만 버텨보자 다짐하는 동시에 제발 이쯤에서 날 잘라주길 바랐다. 내 원고가 그렇게 엉망이고 내 모든 게 마음에 들지 않는데 왜 피디는 나랑 일하는지 이유를 알 수 없었다. 하지만 그 우려보다는 다시 창피를 당하지 않으려고 원고에만 정신을 집중했다. 그리고 또 여지없이 배가 아파왔다.

성격파탄자에 히스테리 대마왕. 그리고 만약 언젠가 내가 성공하면 반드시 제일 먼저 밟아줄 사람. 그때까지만 해도 그녀는 내게 그런 존재였다.

그날도 쫄리는 마음으로 원고를 검사받고 있었다. 그날은 여느 때와 달랐다. 피디는 처음부터 화를 내지 않았고 꼼꼼하게 원고를 읽으며 "오늘은 출연자가 많으니까 정신 놓지 말고 잘해"라고 했다.

〈이소라의 오후의 발견〉을 시작한 지 3개월 만에 지적 없이 무사히 원고가 넘어갔다. 오히려 이런 반응이 나를 더 불안하게 했지만, 그날은 그렇게 무사히 지나갔다. 평소와 다르지 않은 원고였는데 오늘은 뭐가 다른지 알 수가 없었지만 '이 또라이가 오늘은 기분이 좋은가보지?'라고 넘겼다.

생방송을 준비하러 스튜디오로 가려는 내게 그녀는 지나가듯 말했다.

"생선, 라디오 원고는 말을 쓰는 거야. 그리고 네 이야기를 하는 게 아니라 디제이의 말을 해야 해. 넌 이제까지 네 글을 썼고, 네 이야기만 썼어. 3개월 만에 겨우 감을 잡았나보네. 수고했다."

라디오 원고는 글이 아니라 말을 쓰는 것이고, 원고를 쓰는 나의 이야기가 아니라 디제이의 말을 쓰는 것이라는 걸 나는 놓치고 있었다. 음악작가로 일을 시작한 나는 대부분 프로에서 음악에 관한 글을 썼다. 그래서 글이 아니라 라디오 원고의 기본 중의 기본이라 할 수 있는 말을 써야 한다는 걸 모르고 있었다. 그러니 그녀의 지적은 정확했다.

라디오는 사람과 사람 사이를 디제이의 말을 통해 연결한다. 그때까지 나는 내가 경험하고 생각할 수 있는 이야기만 썼다. 디제이는 내가 아니기에 이야기에 공감하고 몰입할 수가 없었던 것이다. 작가들이 쓴 글은 디제이의 말이 되어야 하고 그들의 이야기가 되어야 한다. 나는 그때까지 그걸 깨닫지 못했고 그녀는 그걸 정확히 알고 있었다.

그후로 나는 최대한 이소라 디제이처럼 생각하고, 내 이야기를 써도 마치 이소라 디제이가 하는 말처럼 쓰기 시작했다. 이렇게 하나 배웠다. 그리고 그 지점이 라디오 작가 인생을 오랫동안 견인하는 데 있어 매우 중요했다.

이건 오래된 이야기다. 그때 나는 스물일곱 살에 라디오 경력 3년 차였다. 그녀 덕분에 나는 지금까지 계속 라디오에서 일할 수 있는지도 모른다. 비록 엄청난 또라이긴 하지만 라디오에서 배울 수 있는 모든 건 그녀로부터 배웠다. 그로부터 10여 년이 지나 라디오 국장이 된 그녀는 내 책의 팬이

되었고, 책이 나오면 전화를 걸어 자기가 날 키웠다며 자랑
스러워한다.

그런데 국장님. 라디오 원고 쓰는 걸 가르쳐주신 건 맞는
데요, 책은 제가 알아서 쓴 겁니다.

국장님은 지금 은퇴하셨다. 가끔 전화를 걸어 일상의 사
소한 점에 대해 짜증을 내곤 하시는 걸 보면 여전히 성격은
이상하다. 어쩌면 국장님의 짜증은 나에 대한 과격한 애정인
지도 모르겠다. 그리고 라디오에 있어서 지금까지 내게 가장
큰 영향을 준 사람인 건 분명하다.

# 우선
## 깊은 호흡부터 해보세요

요가를 시작했다.

움직임이 크고 동작도 빠른 아쉬탕가 요가였다. 어떤 종류의 요가든 특별히 상관은 없었다. 몇십 년 동안 습관처럼 해온 나쁜 자세와 운동이라고는 전혀 하지 않아 통나무처럼 딱딱하게 굳어버린 육신에 활기와 생기를 불어넣고 싶었을 뿐이다. 저거라도 하면 나도 한번 건강하게 살아보자는 욕구가 채워질 것 같았다.

그러기에는 너무 늦었을까? 내 몸은 한때 창공을 날았으나 지금은 나는 법을 잊어버려, 아름다웠던 날개가 퇴화해버린 타조 같았다.

작은 움직임이었다. 그러나 쉽지 않았다. 요가에서 가장 중요한 호흡법까지는 엄두도 못 내고, 동작을 따라 하는 것만으로도 벅찼다. 그래도 어떻게든 해보겠다고 꾸역꾸역 선생님을 따라 하나씩 동작을 이어갔다.

유연성 문제는 아니라고 선생님은 늘 말씀하셨다. 중요한 건 내 몸을 느끼는 것. 내가 몸을 늘일 수 있는 데까지 늘이고 그 자극을 한껏 받아들이는 게 요가라지만 내 마음은 조급했다. 가능한 한 빨리 다른 사람들처럼 근육들을 쭉쭉 늘여 두 손바닥이 땅에 닿길 원했고, 다리도 쫙쫙 벌리고 싶었다. 그래서 스스로 고문하듯 몸을 최대한 억지로 늘이고 늘여 동작을 따라 하긴 했지만, 실력은 전혀 늘지 않았다. 그리고 앞으로도 절대 발전할 수 있을 거 같지 않았다.

"요가 시작한 지 꽤 됐는데 왜 저는 안 늘까요?"

내가 탄식할 때면 선생님은 동작이 중요한 게 아니라고만 하셨다. 모든 운동, 움직임에는 저마다의 기능과 이유가 있다고. 그걸 머리로는 알지만 몸으로는 못하는 게 나였다. 그렇기에 선생님의 말은 그냥 공허한 메아리처럼 퍼져나갈 뿐이었다. 생각처럼 되지 않으니 나의 의지, 나의 다짐, 그리고 나의 끈기는 빠르게 마모되었고, 이제는 아니라는 생각이 스스로 들 무렵 나는 포기하듯 요가원을 나가지 않았다.

"요즘 왜 안 나오세요?"

선생님에게 전화가 온 건 그리 오래되지 않아서였다.

"요가인의 인생은 은퇴했어요."

내 말에 선생님이 되물었다.

"본격적으로 시작하지도 않았잖아요."

며칠 후 선생님이 집으로 찾아오셨다. 요가원이 교회도 아니고 요가하러 안 온다고 집까지 찾아올 일인가 싶었지만 그래도 선생님은 몇 가지 알려줄 것이 있다고 했다.

작은 거실에 우리는 마주보고 앉았다.

"우선 호흡부터 해보세요."

나는 수업 시간에 배운 호흡을 건성으로 했다.

"코끝으로 숨을 들이마시고 그 숨을 발끝까지 내려보낸다고 생각하세요. 그리고 내뱉을 땐 엄지발가락에 있는 무거운 숨을 끌어올려서 입으로 천천히 내뱉어보세요."

선생님의 구령에 맞춰 최대한 숨을 몸속 아주아주 깊은 곳부터 차곡차곡 채워가듯 들이마셨다. 배는 홀쭉해졌고 폐는 팽팽하게 부풀어오르는 느낌이었다. 그리고 다시 구령에 맞춰 입으로 들이마신 숨을 공기중으로 천천히 내뱉었다. 폐는 주먹으로 꽉 조인 것처럼 쪼그라들었다. 선생님은 말씀하셨다.

"그걸 다섯 번 반복할 거예요."

그저 호흡만 하는 건데 이미 땀이 나기 시작했고, 그동안 느껴보지 못한 숨이 몸으로 들어와 유기적으로 내 안에서 오고 가는 걸 느꼈다. 내 몸이 작은 바람길이 된 거 같았다. 누구나 숨을 쉬지만 그걸 신경쓰는 사람은 별로 없다. 아무도 본능인 숨쉬는 걸 가르쳐주지 않으니깐. 우리는 어떤 게 옳은 호흡인지 모르고 살아간다.

그날 선생님과 나는 마주보고 앉아 오전 내내 그렇게 호흡만 했다. 인간이 막 바다에서 나와 두 발로 걸었던 시작점에 있는 기분이었다.

호흡을 했다고 내 몸이 좋아졌다거나 사라졌던 내 의지나 다짐이 되살아난 건 아니었다. 그저 숨의 흐름을 느껴봤을 뿐이다. 선생님은 요가 동작에 너무 집착하지 말고 호흡부터 연습하라는 말을 남기고 가셨다.

그날 이후 나는 침대 위에서, 카페에서 그리고 산책을 할 때 불규칙적으로 호흡을 연습했다. 그런 날들이 쌓여갈수록 호흡법은 내게 마음의 안정을 가져다주었고 몸속 세포 하나하나에 공기가 스며드는 걸 조금씩 느낄 수 있었다.

한 달 후 다시 선생님이 찾아오셨다. '싱잉볼'이라는 티베트 악기를 가지고 오셨다. 놋쇠 밥그릇처럼 생긴 것을 나무 막대로 치면 영롱한 소리가 났다. 선생님은 이 싱잉볼 소리에 맞춰 호흡할 테니 눈을 감고 싱잉볼 소리를 귀로 끝까지 좇으라고 하셨다. 눈을 감은 채 싱잉볼 소리에 맞춰 호흡하기 시작했다.

새로운 경험이었다. 소리의 파동은 느렸고 처음엔 강하다가 점점 사그라들었다. 눈을 감고 있어 어둠밖에 보이지 않았지만 반복하고 나니 소리가 눈에 보였고 숨이 소리를 따라가는 게 느껴졌다. 그때 알아차렸다. 내가 아무 생각도 하지 않고 오로지 소리와 호흡에만 집중하고 있다는 것을. 신비로운 경험이었다. 선생님은 이것이 수많은 명상법 중 하나라고 알려주셨다.

다리 찢기를 비롯한 여러 가지 동작을 수행하는 것만 중요하다고 생각하다, 호흡과 나 자신에 집중하는 게 무엇인지 어렴풋이 느낄 수 있었다.

"어려운 동작을 하는 건 중요하지 않아요. 그보다 자기 몸과 호흡을 느끼는 게 중요해요. 저도 완벽하진 않고요. 욕심을 버리고 다시 요가 시작해보세요. 호흡에 집중하며 동작을 해보면 또 다를걸요."

나는 다시 요가원에 나가 수업을 받기 시작했다. 더이상 동작에 목숨 걸지 않고 스스로 내 몸의 동작과 숨결을 느끼며 요가인이 되어갔다. 어깨를 다쳐 요가를 못하고 있을 때에도, 선생님이 알려준 호흡을 통해 매일 내 몸을 느끼면서 동시에 오고가는 숨길을 느낀다.

살아가면서 자신의 육체와 정신을 온전히 느낄 수 있는 경우는 드물다. 그걸 알기에 우리는 너무 바쁘고, 우리 몸에 대해 별로 심각하게 생각하지 않는다. 하지만 요가로 내 근육이 어디까지 늘어나고 수축되는지, 내 호흡이 어디를 채우고 어디까지 가는지 알면서 정신과 몸이 하나가 되는 순간을 느끼게 된다면, 자기 자신을 소중하게 대하지 않을 수 없을 것이다. 그리고 호흡과 요가 동작을 통해 들여다보는 내면이 얼마나 많이 자연과 닮아 있는지 알게 될 것이다.

# 완벽한 순간을
# 내게

담배를 처음 배운 건

또래보다 한참 늦은 스물일곱 살 때였다. 첫 담배는 박하 맛이었다. 연초에 두 장의 종이로 싸여 있어 담뱃재가 부서지지 않고 마시멜로처럼 떨어지는 담배였다. 이름도 발음하기 좋은 '피아니시모'라서 마음에 들었다. 그녀가 립스틱으로 붉게 칠한 입술로 담배 태우는 모습을 바라보는 게 너무 좋았다. 감정 표현도 말도 없었지만 담배를 피울 때마다 그녀가 내뱉는 연기는 마음 안쪽에서 분출되지 못하고 깊은 곳에 숨겨둔 감정을 공기중으로 풀어놓는 것처럼 보였다.

살면서 한번은 사토 신지Sato Shinji의 무덤에 가보겠다고 생각했다. 하루에 여섯 번밖에 운행하지 않는 시외버스를 타고 지바현 외곽에 있는 그의 묘지에 도착했다. 햇살은 수만 개의 광선으로 퍼져 우리에게 한 번에 쏟아지는 미러볼 같은 5월의 봄날이었다. 그의 무덤가를 걸으며 그녀에게 '피쉬만즈Fishmans'의 사토 신지가 내게 얼마나 큰 영향을 주었는지, 그의 노래나 감정이 얼마나 특별하고 매력적인지 말해줬다.

"한국도 영국도 그리고 그 어느 나라에서도 이런 뮤지션은 나오지 않을 게 확실해. 부럽다. 피쉬만즈가 일본 밴드고, 네가 일본인이라서……."

"그런 밴드가 있었다는 걸 전혀 모르고 있었는데, 친구들도 모를걸. 일본에서 안 유명해. 그런데 네가 그렇게 말하니깐 궁금하다. 어떤 음악을 하는지."

소박한 그의 묘지 앞에서 우리는 그동안 내린 비와 햇살에 방치되어 파란 페인트가 벗겨진 벤치에 앉아 〈Baby Blue〉를 들었다. 이어폰을 한 쪽씩 나눠 낀 채였다. 그 노래를 부른 사람의 무덤가에서 듣는 음악은 특별했다. 만난 적 없고 앞으로도 만날 수 없는 사람이지만 그 시간만큼은 그와 내가 가장 가까운 사이가 된 것 같았다. 봄바람은 3분 50초

동안 선율을 타고 아무런 자극 없이 불어왔다.

"부드럽다. 아주 느린 롤러코스터를 타는 거 같아."

박하맛 담배에 조심스레 불을 붙이는 그녀의 옆모습을 바라보다 생각했다. '지금 내게도 뭔가가 필요하다.'

"나도 하나만 줄래?"

"담배 안 피우잖아."

그녀는 놀란 표정으로 나를 빤히 쳐다봤다.

"내 인생에 담배를 피울 때가 있다면 그때가 바로 지금이야."

"괜찮겠어?"

그녀는 의심스러운 표정으로 클러치에서 담배를 꺼내 건넸다. 받아들고 입에 가만히 물었다. 어색하지만 나쁘지 않았다. 산에서 불어오는 바람 때문에 불이 쉽게 붙지 않았다. 그녀는 하늘색 매니큐어가 칠해진 손을 모아서 바람을 막고 다시 불을 붙였다.

생애 첫 담배였다. 어떻게 피워야 하는지 몰라 매캐한 연기를 그대로 삼키는 바람에 콜록콜록 기침하긴 했으나, 느낌은 좋았고 몸은 짜릿했다. 연기는 내 안으로 빨려들어왔고 들어온 길을 따라 다시 공중으로 퍼져나갔다. 그때까지 매캐

하기만 하던 담배 연기는 산미 강한 에스프레소 한 잔처럼 나를 깊고 진하게 만들었다. 타들어가는 담배를 보며 그때 난 행복했던 거 같다.

바람 좋은 봄날, 좋아하는 여자와 그동안 와보고 싶던 곳에 결국 왔다.

나란히 앉아 담배를 나눠 피우는 그 순간은 정말 완벽했다. 늘 새로운 것만 보고 느끼기 위해서 무작정 떠돌아다니던 내게 특별할 것 없는 그때 그 순간은 선물 같았다.

그녀에게 이 마음을 전해주고 싶었다.

"모든 게 해피엔딩으로 끝나는 영화의 마지막 장면 같아. 좋아."

"무덤가는 쓸쓸하다고 생각했는데, 진짜 평화롭다."

"겨울잠에서 깬 배고픈 야생 곰이 우릴 공격해서 지금 죽어도 난 하나도 억울하지 않을 거 같아. 우리 여기 다시 또 오자."

"그래, 꼭……."

무엇이었을까. 그때 그 공기는. 그날 채집했던 공기를 다시 끌어와 다시금 재연하려 해도 그게 잘 안 된다. 공기는 어떻게든 끌어오겠는데 그 봄날 지바의 묘지에 흐르던 독특한 내음은 도무지 어떻게 해볼 도리가 없다.

완벽한 순간 같은 건 극적인 삶을 살거나 긍정적인 사람만 소유할 수 있는 거라고 생각했다. 하지만 박하맛 담배 한 개비와 그녀, 그리고 동경했던 뮤지션의 무덤가에서 나는 완벽한 순간을 얻었다. 인생의 구겨진 부분이 아주 잘 다려질 것 같은 순간을.

어쩌면 그건 그다지 특별한 게 아니라서 스스로 받아들일 마음만 있다면 자연스럽게 찾아오는 건지도.

마치 햇살 좋은 봄날 정오에 만난 좋아하는 여자아이처럼……

# 내가 본
# 가장 아름다운 얼굴

동안이라는 이야기를 간혹 듣는다.

부모님으로부터 물려받은 유전자 때문일 수도 있고, 정장이 아닌 자유로운 복장을 입고 내키는 대로 일해도 되는 프리랜서라 보통의 직장인과 다른 시간대를 살아서 그럴 수도 있다. 아무튼 사십대치고는 어려 보이는 건 사실이다. 자랑 같겠지만 결국 모든 사람은 나이가 들기 때문에 언제까지 동안을 유지할 수 없다는 걸 잘 알고 있다.

몇 해 전까지만 해도 피부과에 가서 열심히 관리받고 유행하는 옷을 사 입고 강남의 미용실도 다니면서 스스로를 꾸

몄지만, 이제는 모두 관뒀다. 우선 귀찮아졌고 거기에 투자하는 비용이 아까웠고 내 열정이 시큰둥해졌다. 제일 큰 이유는 사람이 나이가 들면 그 세월만큼 늙어가는 게 너무나 당연한 일이라는 걸 받아들였기 때문이다. 그렇다고 과감히 그 욕구를 놔버렸다는 건 아니다. 그저 한 방에 인정한 것뿐이다. 사실 동안이든 나발이든 분명 나이가 들어가는 건 정말 실제 일어나는 일이다.

서서히 변해가는 얼굴을 바라보며 늙는다는 건 적어도 외적으로는 지독한 일이라고 생각한다. 중력의 방향으로 처져가는 살결과 생기를 잃어가는 피부, 여기저기 스크래치가 난 것처럼 생기는 주름을 볼 때마다 아직은 적응되지 않는다. 그리고 외모의 변화는 꾹 참고 받아들이겠지만 제일 괴롭고 서글픈 것은 그것들을 매번 비춰내고야 마는 마음이다.

나는 여전히 청춘이고 예전 나의 가치관과 생각이 변한 건 아무것도 없는데 그걸 포장하고 있는 외모가 노화되고 구려지는 걸 매일매일 지켜봐야 하는 건 진정 괴롭다. 그렇다고 영원히 젊음만을 원하지는 않는다. 다만 멋지고 제대로 늙고 싶을 뿐이다. 마치 그녀처럼……

세계적으로 유명한 동물학자이자 환경운동가인 제인 구달에 대해 들어본 적 있을 것이다. 영국에서 태어난 그녀는 스물여섯, 인생에서 가장 아름다울 나이에 아프리카로 건너가 침팬지 연구와 아프리카 동물 보호를 위해 평생을 바쳤다. 제인 구달이 1960년 아프리카로 떠났을 때 그곳은 지금보다 더 가난하고 비참한 땅이었고, 정치적으로도 어수선해서 남자와 여자 그리고 이방인 모두에게 위험했다. 무엇보다 문명사회에서 태어나고 자란 그녀가 제대로 된 집 한 채 없는 곳에서 머무는 것은 절대 쉽지 않았을 것이다. 그래도 그녀는 결국 해냈다. 하지만 연구 성과를 냈다거나 혹독한 조건 속에서 환경보호를 해나간 것 때문에 내가 그녀를 좋아하는 것은 아니다. 나는 그녀가 보여준 노년의 아름다움을 좋아한다.

#

그녀를 처음 본 건 대학교 시절 읽었던 책에 실린 사진이었습니다. 젊은 시절 사진이었지요. 밝게 빛나는 금발에 생기 있는 피부, 겸손하면서도 우아한 자태가 참 매력적이라고 생각했습니다. 문명사회에 태어나고 자란 사람이 하루아침에 원시의 아프리카에 가서 동물들과 평생 살았다는 게 믿기지 않았습니다. 그렇게 시간은 지나고 몇 년 전, 그녀의 일대기를 다룬 다큐멘터리를 보았습니다. 거기에는 예전의 모습은 간데없고 세월의 흔적에 주름진 얼굴과 세월을 이기지 못한 그녀가 있었습니다. 물론 그녀가 갑자기 늙어버린 건 아니었을 테지만, 젊은 시절의 모습만 기억하고 있던 내게 현재 그녀의 나이든 모습은 적잖이 충격이었습니다. 늘 그대로일 것만 같아 보였는데 할머니가 되어버린 모습을 보니 기분이 이상했습니다.

진짜 시간이 흐르고 있구나. 모든 사람은 늙는구나. 그녀가 나이든 만큼 나도 늙었겠지?

이런 생각이 들자 마음이 복잡했고 초조해졌습니다.

화면 속 그녀의 얼굴을 오랫동안 바라봤습니다. 확실히 예전 같지 않았지만, 자꾸 눈이 갔습니다. 맞는 표현일지 모르겠지만, 주름으로 가득한 얼굴과 색이 바랜 푸른 눈동자, 그리고 하얗게 새어버린 머리와 쪼그라든 체구의 그녀에게서 '고귀함'이라는 단어가 떠올랐습니다.

모든 것이 변했어도 그녀가 젊었을 때의 표정과 눈빛은 그대로였습니다. 그때보다 기품 있고 범접할 수 없는 아우라를 느낄 수 있었습니다.

우리는 조금이라도 더 젊음을 유지하기 위해 피부과나

성형외과에 다니고 운동을 하거나 화장을 하면서 자기관리에 매진하지요. 그런데 그녀는 시간을 거스르지 않고 세월의 흐름에 온전히 자신을 맡겼습니다.

오늘 아침 거울 보니 흰머리가 여기저기 보였습니다. 그걸 뽑으면서 '지독하다'라는 말을 혼자 되뇌었네요. 늙어가는 걸 인정해야 하지만 쉬운 일이 아니더라고요. 중국의 진시황이 왜 불로초를 구하기 위해 죽기 직전까지 전 세계를 찾아나섰는지 이해할 수 있었습니다. 그런 힘과 재력이 있었다면 아마 저라도 그랬을 테니까요.

제인 구달의 주름진 얼굴을 보고 저는 어렴풋이 알게 되었습니다. 늙는다는 게 그렇게 지독한 일이 아니고, 어쩌면 늙는다는 건 생각하는 이상으로 멋진 일인지도 모른다고 말이죠. 그걸 이해했다고 해서 제가 당장 그녀처럼 담담하게 시간의 흐름과 늙음을 온전히 받아들일 수 있을지는 자신 있게 말할 수 없지만, 그래도 그걸 받아들여야 한다는 걸 알았습니다.

아무도 영원히 젊을 순 없습니다. 결국 우리는 할머니, 할아버지가 되겠죠. 그날이 오면 지금 우리가 가진 많은 걸 잃어버리겠지만, 대신 다른 소중하고 귀한 것이 그 빈자리를 채우길 바라봅니다. 늙는다는 건 퇴화가 아니라 변화이며 존중받아야 하니까요.

그래서 우리가 어제보다 더 현명해졌으면.

오늘보다 풍부해지길.

내일은 더더 아름다워지길.

# 그녀의
# 여행 기술

제시카와 나는 방콕에서 치앙라이Chiang Rai로 가는
밤 버스에서 만났다.

열네 시간을 좁은 버스에서 짐짝처럼 실려가야 하는 여
정이었다. 비행기나 기차를 타면 좀더 편안하게 갈 수도 있
었지만, 항상 남은 돈을 생각해야 하는 여행객들에게 버스는
알맞은 교통수단이다. 둘 다 혼자 여행하는 중이어서 여정 중
간중간 쉬는 휴게소에서 자연스럽게 대화를 나눌 수 있었다.

"치앙라이는 왜 가?"

제시카가 먼저 물었다.

"치앙마이를 가려고 했는데 버스표를 잘못 샀어."

그녀는 킥킥 웃으며 손바닥으로 자신의 이마를 쳤다. 그러고는 먹고 있던 손가락 바나나 <sup>보통 크기의 바나나보다 작다</sup> 하나를 내게 건넸다.

"치앙마이와 치앙라이, 이름은 비슷하지. 그래도 너무 다른 곳이야. 그래서 어쩌려고?"

나는 손가락 바나나를 까먹으며 대답했다.

"반드시 치앙마이에 갈 필요는 없어. 기다리는 사람이 있는 것도 아니고……. 난 그냥 어디든 괜찮아. 이 기회에 치앙라이도 가보는 거지."

"너도 여행을 좀 하는구나."

버스가 다시 출발할 때가 되어 우리는 불 꺼진 버스에 올랐다. 그녀는 비어 있던 내 옆자리로 옮겨 앉았다.

"이야기라도 하며 같이 가자. 아직 갈 길이 멀었으니깐."

이야기를 나눠보니 그녀는 그동안 안 가본 곳이 없을 정도로 정말 많은 곳을 돌아다녔다는 걸 알 수 있었다. 여행을 제법 해본 사람이라면 서로를 알아보게 마련이다. 굳이 점수나 등급을 매기지 않더라도 상대가 얼마나 많이 여행했는지, 그리고 여행 내공이 얼마나 쌓였는지 말이다. 그녀는 돈을 벌다가 돈이 적당히 모이면 떠나고, 돈이 떨어지면 다시 집으로 돌아가서 돈을 버는 삶을 반복했다. 마치 세상의 모든 길이 자신의 집으로 이어지는 기차 레일인 것처럼 말이다.

"그럼 언제 돌아갈지 너도 모르겠다."

"모르지. 중간에 마음이 바뀌거나 여행이 시시해지면 미련 없이 집으로 돌아갈 수도 있지. 어차피 내 여행은 아무도 내게 어때야 한다고 강요하지 않았으니깐."

우리는 좁고 까만 차 안에서 아라비안나이트 같은 길고 긴 이야기를 나눴다.


사람들이 움직이는 소리에 눈을 떠보니 버스는 치앙라이에 도착해 있었다. 나는 잠에서 덜 깬 채로 머리를 긁적이며 잊은 물건이 없는지 확인하고 버스에서 내렸다.

치앙라이 터미널은 초라했다. 만약 간판이 없었다면 아무도 그곳이 터미널인지 몰랐을 정도로 허름했지만, 그녀도 나도 놀라지 않았다. 왜냐하면 낯선 곳에선 아무것도 쉽게 기대하지 않는 편이 좋다는 걸 알고 있으니깐. 터미널 주변으로 툭툭 운전사들이 버스에서 쏟아져나온 승객들을 둘러싸고 호객을 하고 있었다.

너무 정신이 없어서 머릿속이 진공상태가 되어 멍하니 서 있으니 그녀가 물었다.

"이제 어떻게 할 거야?"

나는 정말 별다른 계획이 없어서 잘 모르겠다고 했다.

"그렇다면 함께 움직일래?"

거절할 이유가 없었던 나는 그녀와 함께 가기로 했다.

그녀는 예약해둔 숙소로 날 끌고 갔다. 자신보다 큰 배낭을 둘러멘 채로 지도도 보지 않고 앞장서서 시원시원하게 미로 같은 골목을 걸었다.

"어떻게 길을 잘 찾을 수 있어? 와본 적 있어?"

"나도 처음이지. 오기 전 대충 위치를 확인했는데, 저 큰 사원 뒤편에 숙소가 있는 거 같더라."

그러면서 마을 한가운데 불쑥 솟은 금빛 사원의 지붕을 가리켰다.

"위치를 찾는 법은 간단해. 첫번째, 내가 어디에 있는지를 알아야 해. 두번째는 목적지 근처에 있는 큰 건물이나 기준이 될 만한 특별한 장소를 정해두면 찾기가 쉽지."

이제까지 지도에만 의지해서 길을 찾는 나와 비교해보면 아주 영리한 방법이었다. 이렇게 그녀에게 여행의 기술, 기초편을 배웠다.

숙소에 도착한 우리는 그녀가 예약한 방을 같이 쓰기로 했다. 나는 버스 안에서 처음 만난 정체를 알 수 없는 남자였지만 그녀는 별로 신경쓰지 않는 것 같았다. 대신 숙박비는 반반 부담하기로 했다. 당연히 혼자 쓰는 것보다 저렴했지만 방에 가보니 퀸사이즈 침대가 하나만 있어서 당황했다. 이런 내 마음을 알았는지 그녀는 쿨하게 말했다.

"네가 창문 쪽을 쓸래? 난 아침에 해가 들어오면 잠을 설쳐서."

나는 아무래도 좋았기에 "너 편한 대로 해"라고 답한 뒤, 우선 잠을 자고 싶다고 말했다.

"아니야. 우리 같은 여행자는 무조건 아침은 챙겨 먹고, 여행중에 컨디션을 잘 관리해야, 남은 하루를 알차게 보낼 수 있어."

이렇게 그녀에게 여행의 기술 또하나, 체력 편을 배웠다.


솔직히 긴 버스 여행에 지쳐 아침 생각이 없었지만, 반강제로 그녀에게 이끌려 근처 식당에 가서 아침을 해결했다. 막상 먹으니 맛있었다. 이런 내 모습을 보고 그녀는 만족스러운 표정을 지었다.

"거봐. 잘 먹어서 좋네. 우리 네덜란드에서는 아침을 '챔피언의 아침식사'라고 하지."

치앙라이에 도착한 이래, 나는 그녀만 졸졸 따라 여기저기를 다녔다. 제시카는 내게 자신이 여행 다니면서 익힌 것들에 대해 이야기해줬다. 그중에는 사기 당하지 않는 법, 그리고 때때로는 알면서도 사기 당해줘야 하는 이유에 대해서도 알려줬다.

"여기가 너희 나라보다 싸지? 물가가?"

나는 그렇다고 했다.

"여행중 제일 바보 같은 건 얼마 되지 않는 돈 때문에 감정과 시간을 낭비하는 거야. 어차피 우리는 여행객이니 현지인들을 당해낼 수가 없어. 적당히 속아주는 것도 나쁘지 않아. 이렇게 저렇게 싸우다보면 사도, 또 사지 않아도 기분이 영 좋지 않게 되거든. 적어도 얼마 되지 않는 돈 때문에 감정이 상하고 여행을 망칠 일은 없으니깐."

이렇게 그녀에게 여행의 기술, 사기 당하기 편을 배웠다.


제시카와 함께한 시간 동안 많은 영향을 받았다. 그녀가 가진 특유의 여유와 차분함 덕분이었다. 그녀에 비하면 나는 고양이의 우아한 행적을 따라다니다 쉽게 지치고 마는 하룻강아지에 불과했다. 이 시간은 그동안 사고와 실수만 가득했던 나의 여행을 바꿔놓기에 충분했다.

우리는 사흘을 같이 보냈다. 나는 제시카를 종일 따라다 녔다. 엄마 오리를 따라다니는 새끼 오리 같기도 했다. 마지막날 그녀는 내게 왜 여행을 하느냐고 물었다. 나는 주변 사람이 미워지거나 내가 사는 현실을 스스로 받아들이기 벅찰 때면 여행을 떠난다고 했다. 그녀는 내 대답을 듣고 이렇게 말해줬다.

"아주 애매하다. 어쩌면 여행이라기보단 도피구나. 너에게 여행이란 건……."

그녀의 부모님은 히피였다고 했다. 그래서 어릴 때부터 자주 옮겨 다녔고 환경이 자주 바뀌는 바람에 친구를 제대로 사귈 수 없어 늘 외로웠다고 했다. 그런데 나이가 들고 보니 낯선 길에서 온전히 자신을 느낄 수 있게 되었고 좋은 사람들을 만날 수 있어 여행의 맛을 사뭇 다르게 느끼고 있다고 했다. 제시카가 씩씩하고 춤추듯 가볍게 여행할 수 있는 이유를 이해할 수 있었다.

"여행은 불편한 거야. 집이 아니니까. 그걸 알기 때문에 우리는 여행을 해야 해. 그래야 당연하게 느끼는 일상의 소중함을 알게 되고 여행하면서 만나는 이방인들을 통해 인간에게 좀더 관대해질 수 있는 거 같아. 혼자 여행하다보면 내가 어떤 사람이라는 걸 알게 되지 않니? 원래 생활하는 곳에

선 남들을 의식해서 자기가 하고 싶은 일보다 현실에 맞춰가잖아. 그런데 여행중에는 모든 결정이 자신의 손에 달려 있어서 마음대로 할 수 있어. 어떨 땐 좋은 선택을 하고 물론 어떨 땐 나쁜 선택을 할 수도 있지만 모든 건 나 스스로가 결정한 거니까 남의 탓을 할 수가 없잖아. 또 웬만한 건 모두 기쁘게 받아들일 수 있어서 난 여행하는 게 참 좋아. 너도 네 여행에서 그만큼을 즐기길 바랄게. 그리고 기억해! 여행은 우리 자신에게 세상을 유연하게 살아가는 법을 알려주는 여정 그 자체라는 걸. 건강해라. 그리고 아침은 꼭 챙겨 먹고."

우리는 각자의 길로 떠났다.


치앙라이에서 그녀에게 배운 여행의 기술 때문인지, 그 이후로 나의 여행은 이전보다 조금 더 현명해졌다. 또한 내 여정에 더 충실해졌고 나와 다른 사람들을 미워하기보단 이해하게 되었다. 그리고 어느 때보다 더 자유로워졌다.


여행은 낯선 곳을 여행하는 것이다. 그러므로 그곳에 존재하는 것들은 풍경부터 사소한 것 하나하나 우리와 다를 수밖에 없다. 그들은 먹는 법부터 길을 걷는 방법 그리고 믿는 존재조차 다르며, 전혀 다른 가치를 가지고 살아간다. 그렇기에 비교하는 거 자체가 잘못이다. 우리가 여행을 떠나는 이유는 다름과 새로움을 느끼기 위해서일 테니까.

그리고 여행에는 원래 불편한 속성이 있다. 편함을 앞세우려면 그냥 집에 머물러 있는 게 낫다.


완벽한 여행 방법은 없다. 다만 주어진 상황을 최대한 즐기고 웬만하면 받아들이는 편이 여행 자체를 풍성하게 만들 수 있다는 면에서 좋다.

그것만이 가장 현명한 여행법이라고 믿는다.

# 모든 복수는
# 그녀의 것

2년 정도 사귄 여자친구가 있었다.

여자친구는 내게 관대했고 날 정말 좋아해줬다. 그런 그녀를 두고 바람을 피웠다. 그렇다고 큰 죄책감은 없었다. 내가 사랑하는 건 여자친구였고 그때 만났던 여자는 사랑이 아닌 호기심이었다. 그래서 그 관계를 들키지만 않으면 모든 것이 괜찮을 줄 알았다.

하지만 내 생각은 나쁘고 잘못된 것이었다. 그리고 여자의 감이란 특별한 것이었다. 아무리 타당해 보이는 이유와 알리바이를 만들고, 비밀을 유지하기 위해 복선에 복선을 치밀하게 짜도 여자친구는 전지전능한 신처럼 모든 걸 다 알고 있었다. 바람을 피우다 딱 걸렸을 때 내 반응을 한 단어로 표현한다면 '망했다!'였다.

그걸 알았을 때 그녀의 냉정하고 흐트러짐 없는 모습이 오히려 나를 더 떨게 했다. 그럼에도 늘 내게 상냥했던 그녀였기에 최악의 사태는 일어나지 않을 거라 기대했다.


며칠 동안 전화도 오지 않고 만나자는 말도 없었다. 폭풍 전야의 고요한 바다처럼······.

그러던 중 그녀로부터 메시지를 받았다.

— 집에 있어?

밖에서 일하던 중이라 답장을 보냈다.

— 아니. 일 끝나고 집에 가면 5시쯤 될 거야.

그후 다른 말은 없었다. 나는 그녀가 그 시간에 맞춰 집에 올 거라는 짐작만 할 수 있었다.

'뭐라고 하면 좋을까? 변명하지 말고 무조건 내 잘못이라고 말해야지.'

그렇게 생각하고 사죄의 뜻으로 한 번도 준 적 없는 꽃을 선물하기로 마음먹었다.

일이 끝나고 꽃다발을 사서 집 문 앞에 섰을 때 긴장이 되었다. 이 문을 열면 난 어떤 표정을 지어야 할지. 비굴한 표

정을 지을까, 아니면 어색하게 웃어야 할까 고민되었다. 마음
이 답답해져왔다. 무거운 마음으로 죽기보다 열기 싫은 현관
문을 열었다.

그녀는 집에 없었다.


집안에 불을 켰다. 밝아오는 풍경에 눈이 적응하는 사이
잠시 현관에 서 있던 나는 눈앞에 펼쳐진 집안 풍경을 보고
멍해졌다. 온 집안에 선분홍빛 피가 뿌려져 있다고 생각했다.
진정 그렇게 보였다. 내 눈이 닿는 곳 여기저기에 붉은색 액
체가 흩뿌려져 있었던 것이다. 한참 바라보고 나서야 그것이
피가 아니라는 걸 알았다. 그 자국들은 김치였다!

상상도 하지 못할 풍경, 실제 보지 않는다면 그 처참함을
짐작할 수 없을 것이다. 집안은 한 개인의 사생활이 살해당
한 현장 같았다. 조심히 집안을 살폈다. 컴퓨터에도 턴테이블
에도 레코드들에도 책장에도 화분에도 아이보리색 커튼에도
천장 전등에도 침대에도 그리고 내가 아끼는 잭 케루악의 흑
백 포스터에도 모두 김칫국물과 배추김치와 깍두기들이 뿌
려져 있었다.

프로파일러가 보았다면 이 사건은 모든 연애 역사에 길
이 남을 이별의 현장이라 분석했을 것이다. 김치의 잔해들은

아직 마르지 않았고 원래 있어야 할 냉장고 안을 벗어나 온 집안에 시뻘겋게 널려 있었다.

집안 상황을 파악하고 나서야 쉰내와 젓갈 냄새가 끼쳐 왔다. 그러나 그것이 다가 아니었다. 화장실 거울에는 립스틱 으로 '안녕, 개새끼'라는 메시지가 적혀 있었다. 이것이 그녀 가 내게 한 복수였고 솔직한 대답이었다. 나는 사 온 꽃을 쓰 레기통에 처박았다. 그건 내가 그때 할 수 있는 최고의 분노 였다.

너무 충격적인 비주얼이라 아무것도 할 수 없었다. 그저 멍하니 서 있었을 뿐이다. 그때 알았다. 그 어떤 여자도 열받 게 해서는 안 되고, 사람이 저지른 행동에는 그만한 책임감 이 따라온다는 것을. 진짜 제대로 배웠다.

우선 침대에 나 대신 편하게 누워 있는 배추 반 포기와 깍두기 조각들을 치웠다. 하지만 이불이며 매트리스에 김칫 국물이 곳곳에 붉게 스며들어 거기서 절대 다시는 잘 수 없 을 거 같았다. 비참한 마음으로 온 집안에 뿌려진 잔해들을 밤을 새워서 닦고 치워야 했다.

김치가 정말 대단한 건, 국물만 닦는다고 해결되지 않는 다는 점이다. 문제는 고춧가루였다. 국물은 어떻게든 지워져도 틈새에 낀 고춧가루는 제거할 방법이 없었다. 치우면서 가장 두려웠던 건, 시간을 지체하면 점점 김치가 말라붙어 더 괴로운 상황이 된다는 것이었다. 잘 닦이지도 않았고 설사 닦아낸다 해도 책이나 천에는 고스란히 얼룩이 남았다.

김칫국물이 스며든 가전제품은 작동을 멈췄다. 며칠 후에 작동이 안 되는 가전제품을 A/S 센터에 가져가서 알게 된 사실은, 김치에는 염분이 있어 전자기판 자체가 산화되어 다시는 사용할 수 없다는 것이었다! 그만큼 김치는 엄청난 음식이었다. 아무리 치워도 티도 나지 않았다.

그녀의 김치 복수 이후로 몇 주 동안 집안에서는 김치 냄새가 진동했다. 그녀에게는 연락하지 않았다. 이 김치 테러가 그녀의 분명한 메시지였을 테니깐. 물어볼 말도 없었고 이 사단을 낸 그녀를 원망할 수도 없었다. 모든 건 나의 외도와 그녀를 잘 알지 못했던 나의 잘못이었으니깐.

그때 일은 아직도 내게 내적 상처와 트라우마를 남겼다. 이 상처는 남자가 허접한 이상주의와 빈약한 도덕의식을 가지고 살면 종국엔 어떻게 되는지 정확하게 알게 해주었다. 나는 스스로를 미워하면서 '교회라도 가서 잘못을 회개해야 하나?'라는 생각을 했다. 집안의 김치는 청소를 하거나 소독을 해서라도 언젠가 사라지겠지만 그녀의 감정과 그에 대한 나의 죄책감은 내가 어떻게 할 수 없는 일이었다.

김치 복수 이후 내가 새로운 사람이 되었다면 좋았을 테지만, 안타깝게도 나는 그대로다. 사람은 쉽게 변하는 법이 아니니깐. 그녀 이후에 다른 누군가를 만나 또 바람을 피웠다는 건 아니다.

다른 사람에게 어떻게 행동해야 하고 어떤 마음을 가져야 한다는 걸 김치를 통해 뼈저리게 배우긴 했지만, 나만 사랑하는 내겐 그조차 쉽지 않아서 나는 여전히 내 멋대로 살고 있다. 대신 괜한 상처를 줄까봐서 다른 사람들과 관계를 맺지 않고 로빈슨 크루소처럼 혼자서 지내고 있다. 그래서일까? 나는 숨쉴 때마다 외롭다.

예수가 인간에게 가르친 것처럼 인생은 '산상수훈'이다. 남을 아프게 하면 나에게도 똑같이 돌아오고 복된 자는 복을 받는 것이다. 나는 그걸 허투루 알았고 이 가르침을 실천하지 않았다. 그래서 지금 벌을 받고 있는지도 모른다.

이제 폭죽 같던 화려한 청춘은 가고 나도 나이가 들어 더 이상은 부인할 수 없는 어른이 되고야 말았다. 그새 내 방탕함과 이기적인 마음에 고삐가 슬그머니 채워졌다. 솔직히 그때보다 재미는 사라졌지만, 안정이란 건 생긴 거 같다.

평생 내가 하고 싶은 대로 살 수는 없는 일이니 어쩌면 다행이다. 이렇게 변해버린 내가 어떤 사랑을 하게 될지 나는 알 수 없다. 확실한 건 이제 나는 예전의 내가 아니게 되었다는 거다.

그리고 예수님은 이런 말씀도 하셨다.

"말과 혀로만 사랑하지 말고 오직 진실함으로 하라."

2000여 년 전, 그가 내게 보낸 계시인지도 모른다. 이건 내가 기억해야만 하는 진실이다.

\#

1년 후 그 집에서 이사를 나올 때 보니 여전히 여기저기 남아 있는 김칫국물 자국과 고춧가루의 잔해를 발견할 수 있었다.

김치는 음식으로도 최고지만 복수에 써도 최강이다.

# 한때 나는
# 드러머였습니다

"너는 드럼 쳐."

그녀가 내게 한 말이었다.

이제까지 드럼을 쳐본 적도 없었고 칠 줄도 몰랐다. 나는
물었다.

"왜? 내가 드럼을?"

"우리 밴드에는 드럼이 없으니까."

그렇게 나는 '아마도 이자람 밴드'의 드러머가 되었다.


지금 생각해도 요상하다. 그때도 '아마도 이자람 밴드'는
초짜 밴드가 아니었고 원한다면 드러머 정도는 쉽게 구할 수

있었을 텐데, 단지 드러머가 없다는 이유로 내게 드럼을 치라고 했을 것 같지는 않았다.

그후 멤버들과 낙원동 악기상가에 가서 드럼 스틱을 샀고, 그날 바로 첫 합주를 했다. 당연히 제대로 칠 리가 없었다. 드럼은 만만한 악기가 아니다. 밴드 사운드의 중심이 되는 악기로 전면에 나서지는 않지만, 드럼이 박자를 제대로 치지 못하면 사운드 전체가 엉망이 된다. 그런 중요성을 알고 있었을 텐데 그녀는 내게 왜 드럼을 치라고 했을까?

역시나 나는 다른 멤버들을 쫓아가지 못했고 민폐만 끼쳤다. 내가 좌절할 때마다 그녀는 말해주었다.

"우리 밴드엔 드럼이 없으니깐. 그리고 넌 우리 중에서 가장 음악을 많이 아니까."

이게 날 드러머로 영입한 이자람, 그녀의 이유였다.

몇 번의 합주를 하자마자 우리는 공연을 시작했다. 닥치는 대로 어디서든 연주를 했다. 무대에 서는 건 그리 어렵지 않았다. 그건 이 바닥에서 실력 있다고 소문난 그녀가 하는 밴드였기 때문에 그 누구도 우리의 실력을 의심하지 않았다. 물론 그 의심과 자책은 늘 나의 몫이었다.

밴드의 발전을 막는 건 언제나 나였다. 하지만 멤버들은 내가 따라올 때까지 기다려줬고 헤매던 박자를 맞추거나 셔플 리듬을 연주할 수 있게 되면 그 누구보다 기뻐해줬다. 그렇게 5년 동안 '아마도 이자람 밴드'에서 드럼을 쳤다. 크고 작은 공연을 100여 번 했으며 TV나 잡지에도 나왔다. 정말 "하다보면 될 거야"라는 이자람의 예언처럼 난 그렇게 밴드의 쓸 만한 드러머가 되었다.

즐거웠다. 나의 드럼에 다른 멤버들의 연주가 합쳐져 하나의 하모니를 이룬다는 것이.

부담은 자신감으로 변했다. 그렇다고 내가 홍대에서 실력 면에서 소문날 정도로 대단한 드러머가 된 것은 아니었다. 오히려 드럼이 문제가 되는 밴드로 소문이 나기도 했는데, 그녀와 다른 멤버들은 전혀 신경쓰지 않는 거 같았다. 창피함은 늘 나의 몫이었다. 그래도 밴드는 더디지만 우리의 음악을 꾸준히 했다.

나는 음반사 매니저 출신이었기 때문에 꽤 많은 뮤지션들과 교류가 있었고 음반업계 관계자들과 친했다. 하지만 그 누구도 내게 음악을 해보라는 말을 하지는 않았다. 그냥 나는 뮤지션에게 도움을 주는 조력자에만 어울릴 거라 생각했다. 그랬기에 내가 밴드를 하고 있다는 걸 알았을 때 그들은 놀랐고 어떤 사람은 비아냥거리기까지 했다. 하지만 이자람과 멤버들은 우리가 같은 소속의 밴드라는 걸 좋아했다. 그게 나는 아직도 그들에게 고맙다. 날 뮤지션으로 만들어주고 음악을 하는 즐거움을 알려준 것 말이다. 정말이지 찬란한 기억이다. 나도 음악을 할 수 있다는 사실을 알게 된 것과 다른 사람들과 함께 하모니를 만들어낼 수 있었다는 건 평생 좋은 기억으로 남을 것이다.

당시 밴드는 큰 문제 없이 음악을 해나갔고 사이도 좋았다. 그리고 음반사와 계약도 할 예정이었다. 하지만 그즈음 나는 밴드를 나왔다. 전설적인 록 밴드는 모두 더러운 돈 문제가 아니면 여자 문제로 끝장났다. 하지만 우리는 진정한 록 밴드가 아니었는지 그렇게 로킹rocking한 문제가 아니라, 순전히 나의 개인적인 이유 때문이었다.

그만두겠다는 이야기를 꺼냈을 때 그녀는 놀랐다.

"이제 충분한 거 같아. 너희는 진짜 프로의 세계로 가. 난 부담 없이 우리끼리 즐기면서 연주하는 것까지만 좋았어. 그리고 여기까지가 딱, 이 정도가 내가 원하던 거 같아. 하지만 너와 다른 멤버들은 더 멋지게 앞으로 나아가길 바라."

그녀와 멤버들은 나를 말리지도 화를 내지도 않았다. 그저 가만히 나를 바라볼 뿐이었다.

나에게 먼저 선뜻 손을 내밀어준 그녀. 뮤지션과 밴드의 만남은 운명적으로 시작될 수도 있지만 함께하는 사람들의 마음으로도 만들어질 수 있다는 걸 알려주었다. 각종 까다로운 주법을 비롯해 마음속으로 리듬을 세는 법까지 알려준 사람. 그리고 밴드라면 서로를 믿고 기다려줘야 한다는 걸 보여준 사람이다.

지금도 생각한다. 내가 드럼 자리에 앉아 멤버들과 시선을 교환하며 무대 위에서 조명을 받으며 연주하던 순간, 그리고 우리를 바라보던 관객들의 표정을 말이다. 나를 향하던 비웃음을 찬사와 질투로 바꿔버린 이자람과 멤버들이 고맙다.

#

'아마도 이자람 밴드'는 지금도 활동하고 있다. 연주 실력도 더 늘었고, 좋은 노래도 더 많이 부르고 있으며, 지금까지 세 장의 앨범을 발표했다.

밴드의 앞날에 축복이 있길!

# 꿈도
# 유전된다

꿈도 유전이 된다고 한다.

나는 어머니와 아버지의 유전자를 절반씩 받아서 태어났고, 그후 초중고 12년, 대학교 4년, 거기에 군대 2년의 기간을 지나 지금의 내 모습이 되었다.

내가 가진 성격이나 취향 그리고 성향은 부모님으로부터 물려받은 것도 있겠지만, 대부분 이 18년이라는 사회화 과정을 통해 형성되었을 것이다. 사실 책이나 음악 그리고 여행을 통해서 지금의 이런 사람이 되었다. 그래서 다른 사람들에 비해 허황되고 사회화가 덜 된 것 같다.

엄마의 꿈은 '나나 무스쿠리Nana Mouskouri'처럼 머리를 곱게 기르고 목에는 실크스카프를 매고 짙은 갈색 가죽재킷을 입은 채 '혼다' 오토바이로 전국을 일주하는 것이라는 이야기를 아주 어렸을 때 들은 적이 있었다. 왜 하필 오토바이냐고 물으니, 엄마의 첫사랑이 오토바이를 탔다고 하셨다.

"그 사람이 '라이방' 까만 선글라스를 쓰고 남원 읍내를 오토바이로 달리는 모습이 그렇게 멋지더라. 그 모습을 볼 때마다 오토바이를 탈 수 있으면 어디든 갈 수 있을 거라고 생각했었어."

그로부터 몇십 년이 지나고 나는 오토바이, 아니 정확히는 스쿠터를 샀다. 오토바이든 스쿠터든 상관없이 두 바퀴로 달리는 건 세상에서 가장 위험해서, 사고 나면 무조건 크게 다치지 않으면 죽는다고 믿으시는 부모님 때문에 5년 동안 오토바이를 탄다는 걸 숨겨야 했다. 하지만 엄마가 큰 수술을 받으신 후 함께할 시간이 많지 않다는 걸 알고 나서 까맣게 잊고 지낸 엄마의 꿈이 다시 떠올랐다.

초여름이었다. 치료의 후유증으로 엄마는 하루가 다르게 말라갔고, 머리카락도 다 빠졌다. 생에 대한 의지도 점점 희미해져갔다.

아무런 희망도 의욕도 없는 여름날이었다. 그런 엄마를 모시고 집 근처 스쿠터를 숨겨둔 곳으로 갔다.

"너 오토바이 타? 이거 네 거니?"

엄마는 믿을 수 없다는 듯 백만 번쯤 물어보신 후에야 끝내 화를 내셨다.

"너 이거 계속 타다간 나보다 네가 먼저 죽을 거야."

이건 오토바이가 아니고 자전거와 거의 마찬가지인 스쿠터라고 변명했지만, 그래도 엄마의 불안이 가시지 않은 건 물론이려니와 그동안 자신을 속이고 몰래 스쿠터를 탔다는 사실에 화가 사그라들지 않았다.

그런 엄마에게 헬멧을 씌워드렸다. 엄마는 안 타겠다고 화를 내셨다.

"사람들이 보잖아요, 창피하게. 스쿠터는 괜찮다니깐요. 그리고 나는 쫄보라 빨리도 못 달려요!"

반강제로 엄마를 스쿠터 뒷자리에 앉히고 천천히 출발했다. 자리에 오르고서도 엄마는 본인은 이런 거 안 타겠다고 우기셨지만, 스쿠터가 움직이고 이내 속력이 붙자 "어어어, 아우……" 하며 환호하셨다.

나는 차가 별로 안 다니는 고덕동 시립도서관 길로 엄마
를 태우고 달렸다. 엄마는 내 허리를 꽉 붙잡고 계셨다. 그러
곤 이내 말씀이 없었다. 우리는 초록잎으로 덮인 2차선 가로
수길을 꿈처럼 달렸다. 하늘은 정말 파랗고 구름 한 점 없었
다. 햇볕이 따뜻하게 빛났고 초여름 바람도 진하고 상쾌하게
불어왔다. 엄마는 뜬금없이 큰 소리로 웃으셨다. 아프고 나서
는 듣지 못한 기분좋은 웃음이었다.

한참을 달렸다. 나와 큰누나가 다녔던 한영중학교와 한영
외고, 그리고 작은누나가 다녔던 명일여고, 그리고 우리 삼남
매가 졸업한 명일초등학교를 지나갔다. 우린 별말을 하지 않
았다. 뒤에선 그저 엄마의 기분좋은 웃음만이 들릴 뿐이었다.
시립도서관에 도착해 야외 테라스가 있는 카페에서 나는 아
이스커피를 엄마는 망고 주스를 마셨다. 엄마는 그때까지 헬
멧을 쓰고 계셨고 얼굴은 붉게 상기되어 있었다.

"너무 신난다. 나 처음으로 오토바이 탔는데 이 맛에 오토
바이를 타는구나."

그때 엄마는 스무 살 시절로 돌아간 거 같았다. 아프기 시
작하면서 말수가 줄었는데 그날만큼은 참새처럼 기분좋게
이야기를 쏟아내셨다. 엄마 친구의 자식들 이야기와 지난 소

소한 우리의 추억을 이야기하셨다. 그리고 호주와 일본에 사는 누나들도 여기 함께 있으면 참 좋겠다고 하셨다.

내가 물었다.

"엄마, 어렸을 때 나한테 해준 이야기 기억해?"

엄마는 기억에 없으신 듯했다. 하긴 그건 오래전 이야기니깐.

"엄마의 꿈 이야기. 전에 부엌 라디오에서 〈웨딩 케이크〉 노래가 흘러나왔는데, 엄마가 나한테 그랬잖아. 엄마의 꿈이 오토바이로 전국을 여행하는 거였다고. 그러면서 엄마 처녀 시절 이야기도 들려줬는데, 나는 그게 자주 생각나더라."

"그랬지. 그때는 그런 꿈이 있었지. 이제는 다 잊어버렸는데, 우리 아들이 그걸 기억하고 있었구나. 그래서 오토바이 타는 거니?"

"글쎄. 언젠가부터 엄마의 꿈이 내 꿈이 되어버렸나봐. 나도 오토바이 타고 전국, 아니 세계 일주를 하고 싶어. 언제가 될지, 정말 이룰 수 있을지 모르겠지만."

엄마는 한참을 생각하시더니 말씀하셨다.

"꿈도 유전이 되는가보다. 동영이는 어쩌면 엄마를 닮아서 남들보다 자유로운지 모르겠다. 그래서 내가 못 한 걸 네가 대신 이뤄주고, 엄마가 꿈꿨던 방식으로 자랐나봐."

집으로 돌아오는 길, 엄마는 깊은 생각에 빠져 계셨다. 나는 말을 걸지 않았다.

꿈은 정말 유전되는 걸까? 그래서 나는 이런 사람이 되었을까? 엄마의 말처럼 부모의 꿈은 그들 자식들에게 전해지는 것인지도 모른다. 그래서 어떤 자식은 부모의 꿈을 대신 이루기 위해 세계를 정복하고, 또다른 누군가의 자식은 부모의 원수에게 복수를 다짐하기도 한다.

부모님의 꿈을 알고 있다는 건 중요한 건지도 모른다.
왜냐하면 그것이 자신의 꿈이 될 수도 있으니까.

사실 엄마의 꿈을 이뤄주기 위해 애써 노력 같은 건 하지 않았다. 그저 엄마의 꿈을 들은 후부터 엄마에게 물려받은 유전자가 내게 그렇게 하도록 은근히 조종했을 수도 있다.

현재까지도 오토바이로 전국 일주를 하는 엄마의 꿈은 아직 이뤄지지 않았다. 하지만 언젠가 비슷하게는 해봤다. 오토바이를 타고 강릉으로 가는 7번 국도를 달리던 어느 저녁엔 엄마와 함께 달린 그날의 기억이 되살아나기도 했다. 그 또한 이제는 10년이 지난 일이다.

꿈이 있다는 건 무한한 가능성을 가지고 있다는 것이다.

이루고 싶은 바를 설정하지 못했거나 실현 가능성이 희박할수록 꿈은 소멸되고 만다. 그래서 우리는 바라는 바를 '목표'라든가 '계획'이라는 구체적 언어보다 '꿈'이라는 이름으로 부르는지도 모른다.

우리가 지금 가지고 있는 꿈은 다른 누군가의 꿈이었을 수도 있다. 그게 누구의 꿈이든 중요치 않다. 꿈이 실현되더라도 발화했다가 이내 사라지더라도, 자리를 틀었다는 것만으로도 소중하고 귀하다. 그러니 꿈을 가진 사람은 깨우지 말아야 한다. 꿈에서 깬 순간 그들은 생기를 잃고 현실에 갇히고 말 것이다.

세상에 많은 닫힌 문들은 꿈꾸는 자들이 열어왔다. 때로는 어처구니없고 때로는 허황돼 보일지라도, 꿈이 있다면 또다른 삶을 살아갈 이유가 생기며 우리는 가보지 못한 길로나아갈 수 있다. 그렇기에 모든 꿈은 소중하다. 결코 꺼지지않는 불씨처럼 가슴속에 남아 있어야 한다. 그로 인해 비로소 꿈은 꿈다워진다.

나에게도 꿈이 있다.

나의 꿈은 꿈에서 깨지 않는 것이다.

# …들에 관해

이름을 들어본 적 있는 나무들과,

땅의 어색함을 채워준 꽃과 풀들과,

전신주에 주저앉은 새들과,

북서쪽 하늘로 적운을 남기고 날아가는 비행기들과,

가을밤 가녀리게 들려오는 풀벌레 울음소리와,

구름에 가려진 별 대신 도시를 밝히는 불 켜진 창들과,

누가 불렀는지 기억나지 않는 노래들과 제목만 기억나는

영화들과,

어딘가로 연결된 긴 전선들과,

북향의 그늘진 골목들과,

늦은 밤 골목을 질주하는 배달 오토바이 소리와,

그 자리에서 온종일 버티고 서 있는 신호등과,

자동차의 붉고 긴 행렬과,

평생을 카페에서 보낸 시간과,

함께하고 싶었지만 잘되지 않았던 인연과,

그리고 카페 1984와 이리에서 혼자 보낸 영원 같은 시간


매일 반복되어 흔하고 헤퍼서 이젠 지겹지만

그거라도 없었다면 나는 단조로웠을 거다

나는 언제나 남들보다 늦게 깨닫는다

있을 땐 모른다

그러다 사라지면 금방 그리워한다

그게 나라는 사람이다

내가 만들어낸 일상과 그것에 속한 익숙함은

공기처럼 내 주위에 머문다

#

시의 두께가 초겨울 호숫가의 얼음처럼 얇다고,

다른 글처럼 단번에 읽으려고 욕심을 부리다간 찬 강물에 빠지고 만다.

시는 녹차를 뜨거운 물에 오래 우려내는 것처럼

한 줄 한 줄 찬찬히 음미하면 깊은 맛을 느낄 수 있다.

시는 그때의 시간으로 들어가서 읽어야 한다.

이건 시인과 내가 다른 시간, 다른 장소에 있지만

나란히 서서 같은 걸 보고 있다고 상상하면 더 잘 이해할 수 있다는 뜻이다.

익숙하지 않은 명사, 시점이 맞지 않는 동사나 지금은 사용하지 않는 옛 형용사, 들어본 적 없는 의성어 때문에 막힐 때 아까 우려낸 녹차를 한 모금 삼키듯 더 우려내 읽어보면, 그것은 내 안으로 들어와 마음을 따뜻하게 덥힌다.

시는 엄마의 노래고 아빠의 이야기고 달의 빛이고 태양이 만들어낸 그림자다. 내가 예전에 생각한 적 있지만 말하지 못하고 삼킨 말이기도 하다. 아니면 멜로디 없는 노래고 아직 밑그림만 있고 색이 칠해지지 않은 그림이다.

시를 읽을 때 시인이 어떤 사람인지 궁금해하지 않는 게 좋다. 시인은 우리와 같은 사람 나부랭이지만 그 나부랭이가 쓴 시는 시인보다 더 아름답다.

내게 시를 읽는다는 게 무엇인지를 알려준 건 마종기 시인과 이병률 시인이었고, 시가 얼마나 깊은지 그리고 얼마나 아름답고 고결한지를 알게 해준 사람은 메리 올리버였다.

메리 올리버의 시를 읽은 건, 미국으로 다시 돌아오지 않을 것 같은 여행을 떠났던 스물아홉 봄이었다. 애인과 나의 친구들은 멀리에 있었고, 나는 외로워 사막 한가운데 있는 기분이었고, 미래에 대한 걱정으로 불안에 떨던 때였다.

그때 「기러기」라는 시를 읽었다. 짧았지만 여운은 길었고, 북극곰의 눈물처럼 짰다. 외우려고 하지도 않았는데, 입 안에서 그 시구가 며칠 동안 자글거렸다. 익숙한 말로 쓰인 시가 한 사람의 감정과 정신을 관통할 수 있다는 게 경이로웠다.


착하지 않아도 돼.
참회하며 드넓은 사막을
무릎으로 건너지 않아도 돼.
그저 너의 몸이라는 여린 동물이

　사랑하는 걸 사랑하게 하면 돼.

　너의 절망을 말해봐, 그럼 나의 절망도 말해주지.

　그러는 사이에도 세상은 돌아가지.

　_메리 올리버, 「기러기」 부분, 『기러기』, 민승남 역, 마음산책


　그녀의 시를 읽고 나서 내 광막한 사막 같은 메마른 일상에 비가 내려 날 적시는 기분이 들었다. 더이상 외로움도 그리움도 그리고 인생을 낭비한다는 죄책감도 없는 상태였다. 은총처럼 그녀의 시를 온몸으로 받아들이기 시작했다. 그렇다고 모든 시를 다 받아들이지 못했지만, 읽는 동안 이제껏 느껴보지 못한 걸 '그럴 수도 있겠구나' 짐작할 수 있었고 가보지 못한 풍경을 마음속에서 그려낼 수 있었다.

　그때 나는 첫 책을 쓰고 있었는데 정식으로 글 쓰는 걸 배우지 못한 내가 글을 쓸 때 낱말을 아낀다는 게 무엇인지, 단어와 단어를 세상에 풀어놓는다는 게 뭔지 배울 수 있었다.


　요즘도 글자가 눈에 들어오지 않거나 마음이 복잡하면 메리 올리버의 시집을 가만히 읽어본다. 그러면 잊고 지내던 말들이 떠오르고 익숙해서 특별한 것 없고 지겹기만 한 나의 삶이 한 편의 시처럼 의미 있게 느껴진다.

그녀로부터 시작된 시는 내게 부드러운 봄바람이 되어
날 무장해제시킨다.


더 많은 시를 읽고 싶고,
시라는 걸 써보고 싶다.
그리고
나도 시인이 되고 싶다.

# 너를
# 멈추게 하고 싶다

*1.*

보름달이 사과 알처럼 빛나는 밤이었다.

인적 없는 바닷가에는 갈매기만 달빛이 비치는 해변에 모여 잠들어 있었고, 파도가 하얗게 부서져내리는 소리만이 거기에 있었다.

우리 세 사람은 말없이 서서, 까만 수평선에 줄지어 선 오징어잡이 배가 만들어내는 빛의 행렬을 바라봤다.

머리를 초록색으로 염색한 RM이 말했다.

"형, 이쯤에서 할까요?"

검은 봉지에서 15연발 로켓불꽃 세트를 꺼냈다. RM, 나 그리고 이지금은 양손에 폭죽을 나눠 가지고 불을 붙였다. 심지가 타면서 폭죽은 곧 밤하늘로 날카롭게 솟구쳐 까만 밤에 밝게 활짝 피었고 우리의 얼굴을 그 빛으로 물들였다.

그걸 보고 아름답다고 말하는 사람은 없었다. 우리는 그걸 바라보고만 있었다.

나는 이지금 뒤로 다가가 뒤에서 안은 다음 까만색으로 물들기 시작하는 바닷속으로 걸어들어갔다.

나는 "그거 알아? 우주는 여기에 있어. 이 밤바다가 그걸 연결하는 거야"라고 소리쳤다. 이지금은 고개를 끄덕였고 미묘한 표정을 지었다. 그때 RM은 해변에 폭죽을 꽂고 불을 붙이며 "기다리세요. 저도 갈게요" 하고 말했다.

우리 세 사람은 우주 같은 까만 바다에서 달과 그 주변으로 터지는 불꽃의 향연을 올려다봤다. 마치 우주의 탄생을 지켜보는 것 같았다.

나는 '어떤날'의 〈취중독백〉 후렴구를 불렀는데 소리는 나오지 않고 이상하게 입만 뻥긋거리고 있었다.

소리 없는 노래는 파도를 이끌고 오징어잡이 배에 도착했고, 이내 거칠게 두 척의 배가 기울어지기 시작했다. 가라앉는 배를 보고 난 "그러려고 한 건 아닌데"라고 말했고, 두 사람은 가만히 보고만 있었다.

\#

프로이트는 꿈이 무의식의 발현이라고 했다. 그렇다면 내 무의식은 뭘까? 몇 번이나 그녀가 꿈에 나왔다. 한 번은 오징어 배를 침몰시킨 바다였고, 또 한 번은 정글이었다. 그리고 연희동 골목이었다. 이게 정확히 무슨 연유인지 생각을 해봤지만, 알 수가 없었다.

꿈을 꾼 이후로 그동안 관심도 없던 이지금이 내 세계 안으로 들어왔다. 그래서일까? TV나 음반에서 마주친 그녀의 영상과 음악은 오래전부터 알던 사람처럼 익숙해졌다.

나는 이지금이 밝고 당당하며 맑은 모습이 참 좋았다. 그러다 어느 인터뷰에서 이제까지 발견하지 못한 낯선 눈빛을 발견했다. 분명 활짝 웃으며 뭔가 말하고 있었지만, 눈은 보이지 않는 세계를 훑는 듯 먼 곳을 향해 있었다. 그녀 눈빛은 그 공간에서 갈 길을 잃었다. 그리고 툭 치면 자동으로 이름을 외치는 이등병처럼 그렇게나 기계적으로 말했다.

그녀는 확실히 성공했고, 그 나이에 절대 오를 수 없는 위치와 영향력, 압도할 만한 재능을 펼쳐 보이고 있지만, 다시는 지구로 돌아오지 않으려는 듯 영원히 우주를 떠도는 위성처럼 고독해 보였고, 슈뢰딩거의 고양이처럼 가여웠다. 모든 사람은 고독하고 공허한 저주를 받고 태어났을 테지만, 그녀의 것은 우리 것보다 더 짙고 아슬아슬해 보였다.

이지금은 이런 말을 했었다.

"저를 돌봐주는 스태프들은 제 가족이나 마찬가지니깐, 언제까지나 경제적 어려움 없이 지낼 수 있도록 제가 더 노력해서 오랫동안 함께했으면 해요."

그 이야기를 듣고 그건 이십대가 할 만한 걱정은 아니라고 생각했다. 어째서 아직은 어린 그녀가 그런 의식을 짊어지고 살아가는지 궁금했고, '왜? 꿈조차도 성숙하냐'고 묻고 싶었다. 그런 말은 대견하기보단 세상 모든 짐을 짊어진 흰 당나귀의 한숨처럼 내뱉는 조용한 아우성 같았다.

그녀가 유명해지고 재능이 넘쳐나는 결과물을 발표한 건, 온전히 자신의 힘으로 얻은 것이다. 물론 주변의 도움을 받겠지만, 살다보면 그 정도의 도움은 누구나 받는 게 자연스럽다. 대단한 은혜는 아니다. 하지만 우리가 그녀를 필요로 하면서부터 그녀는 모두의 불쏘시개가 된 듯하다. 불은 밝히되 자신은 서서히 타들어가 그 불의 일부가 되어버릴 것처럼.

그녀가 말하는 지금의 성공은 어느 순간부터 자신을 위해서가 아니라 타인의 기대에 부응하기 위해 작동해온 것처

럼 보였다. 그리고 그 성공에 맞춰 그녀의 삶의 방향과 바람
까지 세상에 맞춰진 듯한 기분이 드는 건 왜일까?

급행열차와 지금 이 시간은 다시 돌아오지 않는다. 지나
가면 끝이고 지나가면 없다. 그때 누릴 수 있는 건 그때 누려
야 하고, 열차의 풍경에 스밀 수 있다면 그때 스며야 한다.


누구에게나 꿈은 있다. 하지만 그걸 이루기 위해 집중하
고 노력하는 사람은 많지 않다.

게을러서거나 아니면 절실하지 않아서 그럴 수도 있지만,
그 꿈을 위해 현재의 쾌락과 편안함을 포기하는 건 정말 쉬
운 일이 아니다.

그 꿈이란 걸 이룰 수 있을지 아무도 예견할 수 없지만,
만약 이루지 못한다 해도 시간을 즐기며 살았다면 억울하지
는 않을 것이다. 지금을 여한 없이 쓰는 게 잘못이라거나 무
의미하다고는 할 수 없지 않은가.

아직도 성장중인 이지금을 보면서 내 게으름과 모질지
못한 간절함 그리고 어리석은 동경을 비교해본다. 사는 건
저마다 다르다. 내가 이지금처럼 살 수 없고 그녀가 나처럼
할 수 없다. 물론 이 비교가 얼마나 우스꽝스러운지를 아는
사람들은 비웃음의 화살을 내게 꽂을 것이다. 하지 않아도

되는 걸 하면서 사는 게 나니까 용서 바란다.

그저 난 쉬지 않고 활약하는 그녀의 두 다리를 걸어 넘어뜨린 다음, 그 자리에서 잠시 주저앉게 하고 싶을 뿐이다. 그렇게라도 잠시 멈추고 자신의 성공에 충분히 취했으면 좋겠다.


2.

나는 쉰여덟 살이 되었고 탄자니아 응고롱고로 호숫가 나무 오두막에서 지낸다. 하루에 두 번 해가 뜨고 해가 질 때 망원경으로 침팬지 서식지가 내려다보이는 언덕에서 그들을 관찰하는 게 내가 거기서 하는 일 전부다.

한국의 〈나는 자연인이다〉라는 프로그램에서 나를 취재하러 왔다. 리포터는 이지금이다. 인터뷰에서 그녀는 내게 왜 이곳에 머물고 있냐고 물었다.

"이젠 사람들이 미워졌다. 무엇보다 여기 정글 속에서 무리를 부르는 침팬지 울음소리는 새벽의 기차 기적 소리와도 같아서 그걸 듣고 있으면 내가 집에서 멀리 떠나온 듯한 기분이 들어서 꿈도 꾸지 않고 깊은 잠을 잘 수 있다."

촬영이 끝나고 그녀는 자신은 불면증에 걸려 30년 동안 잠을 자본 적이 없다고 했다.

"애석한 일이군요. 30년 동안이나 그랬다니…… 그럼 잠을 안 자면 뭘 하죠?"

내 질문에 그녀는 어쿠스틱 기타로 노래를 만들고 크리스마스에 관한 두꺼운 책을 읽거나 프랑스 자수를 놓는다고 했다. 난 잠들지 못한다는 그녀를 불치병에 걸려버린 환자처럼 오두막으로 데려가 나무 침대에 눕히고 모기장을 쳐주며 말한다.

"분명 잠들 수 있을 거예요. 잠은 자는 게 아니라 찾아오는 거니깐. 찾을 수 있는 곳에 있으면 분명 잠들 거예요."

오두막을 나오니 해가 기울기 시작하면서 서편이 붉게 물들어가고 있었다. 호수에서 그물을 치던 어부들도 그리고 침팬지들도 각자의 집으로 돌아갔는지 사방은 조용하다.

그렇게 하루가 저물고 또다른 하루가 가고, 셀 수 없는 날들이 지난 뒤에 어느 하얀 물안개가 자욱한 아침. 이지금은 내게 다가와 잊어버렸던 자는 법을 다시 알게 되었다고 말한다. 나는 말한다.

"좋은 일이네요. 잊어버린 걸 다시 기억해내는 건 좋은 거죠."

모닥불로 끓인 커피를 한잔 마시고 다시 나무 침대로 가 침팬지의 아들의 아들이 어른이 될 때까지 잠든다. 그 잠자

는 시간은 내가 이십대에서 삼십대에 이를 때 허망하게 소모
한 시간처럼 쏜살같다.

　그리고 그녀에게 하나뿐인 침대를 내준 나는 침팬지 무
리 속으로 들어가 그들과 산다.

# 인간을
# 인간답게 하는 것

그곳에 도착했을 때,

하늘은 절망적인 회색 구름으로 덮여 있었고 남쪽 바다에서 불어오는 바람은 정신을 차릴 수 없을 만큼 매섭게 불어 우리의 두 볼을 때렸다. 계절은 봄의 한가운데를 지나고 있었지만, 여기만은 아직도 겨울에 머물러 있었다. 손에 쥐고 있는 방사능 수치 측정기에서 울리는 불안한 알람이 우리가 그곳에 도착했다는 걸 알려주었다.

후쿠시마의 2011년은 오랫동안 역사에 기록될 해였다.

처음엔 지진이, 그다음엔 어마어마한 쓰나미가 밀려왔다.

그리고 마지막으로 원자력 발전소가 폭발해버렸다. 지진과 쓰나미만으로도 이미 도시는 초토화되었는데, 원자력 발전소의 폭발로 그 지역은 과학적으로 사람이 살 수 없는 '귀환 곤란 지역'이 되어버렸다.

원전 폭발로 인한 방사능 오염은 9년이 지났어도 위험 수치가 줄어들 줄 몰랐다. 어쩌면 백년이 흐르고 또 백년이 흘러도 다시 예전으로 되돌아갈 수 없다고 한다. 천재지변과 인간의 이기심이 만들어낸 이 재앙으로 지도에서 이곳 후쿠시마를 영원히 지워야 할지도 모른다. 이제 여기에는 아무것도 없으며 아무도 살 수 없으니 말이다.

그날 이후 후쿠시마의 주민들은 미리 약속이나 한 것처럼 떠나버렸다. 모든 것을 그대로 둔 채 인간의 존재만 쏙 빠져버렸다. 길고양이 하나 볼 수 없었다. 집과 상점에는 좀전까지 사람이 머물고 있었던 것처럼 가전제품들이나 식기들이 그대로 놓여 있었다. 그날 이후부터 지금까지 주차되어 있는 차들과 쓰러진 나무들이 나뒹구는 도시의 풍경은 굉장히 기괴했다.

도모코와 나는 그런 세기말 풍경 속을 걸어 그녀의 집을 찾아갔다. 그곳을 찾아가기는 어려운 일이 아니었다. 바람을 타고 들리는 개 짖는 소리를 따라가면 그녀 집이 있었다.

집 앞에 도착했을 때 스무 마리가 넘는 꼬질꼬질한 개들이 여기저기 묶여 있었다. 그 앞에 서자 개들은 일제히 짖기를 멈추고 우리를 멍하니 바라봤다. 너무나 오랜만에 보는 사람들 앞에서 어떻게 반응해야 하는지 까먹은 채 당황한 것 같았다. 그들에게 조심히 손을 내밀었다. 그제야 개들은 경계를 풀고 우리를 향해 허리가 부러질 정도로 꼬리를 흔들었다. 그 반응은 반가움을 넘어서 이제 살았다는 안도 같았다.

개들과 놀아주고 있으니, 그녀가 우릴 맞이했다.

메구미 씨. 그녀는 이 황폐한 마을에 남아 있는 몇 안 되는 주민이었다.

나는 후쿠시마 관련 기사를 검색하면서 그녀를 알게 되었다. 주민들이 원자로 폭발 사고 이후 어쩔 수 없이 두고 간 개, 고양이, 돼지, 소 그리고 타조까지 홀로 돌보고 있다는 인터뷰 기사였다. 메구미 아주머니는 나름 유명인이었다. 사람들은 그녀를 마지막 양심이라고 불렀다.

메구미 아주머니는 우리를 반갑게 맞이했다. 오랜만에 오는 손님이라며 우리를 극진하게 대접했다. 우리가 미리 준비한 고양이 간식과 개 간식 봉투를 건네자 그녀는 몇 번이나 감사 인사를 했다.

"더 많이 사 오지 못해서 미안합니다."

함께 간 도모코가 말했고, 옆에 선 나도 미안한 미소를 지으며 고개를 숙였다.

그녀를 따라 집 주변을 구경했다. 울타리가 쳐진 뒷마당에는 소 여섯 마리와 타조 두 마리가 있었다. 모두 그날 이후 그녀가 구조한 가축들이다. 원래는 더 많았지만 대부분 병들어 죽고 지금은 이 정도뿐이라고 했다. 소들은 금방이라도 울어버릴 것 같은 눈망울을 하고 우리를 바라보았다.

타조들은 별로 상태가 좋아 보이지 않았다. 군데군데 털이 빠져 있었다. 메구미 아주머니는 방사능 때문에 병에 걸려서 그럴 거라고 했다. 차마 눈을 똑바로 마주볼 수 없었다. 타조들은 우리에게 다가오지 않고 목장 철책 구석에 서서 공허한 눈빛으로 이 세상이 아닌 다른 뭔가를 응시하고 있었다. 눈물이 터져버릴 것 같아서 서둘러 고개를 돌려야 했다.

이런 우리 마음을 알았는지 그녀는 앞마당에 있는 개들을 소개해주겠다고 했다. 방금 전 우리에게 꼬리를 흔들던 개들이었다. 메구미 아주머니의 보살핌 때문인지 영양 상태는 좋아 보였다. 개들은 그저 사람의 관심과 애정이 몹시 필요했다.

우리는 한 마리 한 마리를 쓰다듬어주었다. 대부분 시바견이었다. 스무 마리가 넘는 아이들은 도모코와 나를 둘러싸고 자기를 좀더 만져달라고 경쟁했다. 귀여웠지만 이럴 수밖에 없는 이유를 알고 있는 우리는 가슴 한쪽이 묵직해 숨을 잘 쉴 수가 없었다.

메구미 아주머니가 안내하는 집안으로 들어가니 거기에는 고양이가 놀라울 정도로 많이 있었다. 눈길이 닿는 곳마다 고양이들뿐이었다. 집안으로 들어서자 고양이들은 일제히 우리를 경계심어린 눈으로 바라보았다. 세어보니 거의 마흔 마리 정도였다. 그중 몇 마리가 내게 관심을 가지고 다가와 슬쩍 냄새를 맡았다. 가만히 만져주자 이번에는 배를 까고 누웠다. 그 모습을 지켜보던 다른 고양이들도 우리에게 다가왔다. 순식간에 고양이들이 우리를 둘러쌌다. 야옹야옹 소리로 합창이라도 하는 듯 온 집안을 가득 채웠다.

호주의 대학에서 야생동물 간호를 공부한 도모코는 아이들의 건강을 하나하나 살펴봤다. 나는 멍하니 고양이들이 지내고 있는 집안을 둘러봤다. 아주머니가 신경을 써서 그런지 나름 깔끔하게 정리되어 있었지만, 고양이 마흔 마리가 함께 지내는 곳이기에 청결에는 분명 한계는 있었다. 하지만 그렇다고 누가 비난을 할 수 있을까?

메구미 아주머니는 우롱차를 내주셨다.

"여기 물로 끓인 거 아니니 안심하고 드세요."

그 말을 듣고 나는 조금 움찔했다. 생각조차 못한 말이었다. 그러나 사람들이 이곳 식음료는 방사능에 오염됐으리라 생각할 것이기에, 그녀는 준비한 문구처럼 말했다. 그래서 참 슬프게 들렸다. 이곳에 오기 전에는 비극의 장소에 간다는 사실에 대한 긴장감만 있었지, 그 외에 별생각은 없었다. 그러나 막상 와서 보니 현실은 더욱 잔인했다.

"뉴스에서 지금 후쿠시마는 괜찮다고 해서 그런 줄 알았어요. 여기 와보니 전혀 괜찮지 않네요."

도모코의 말에 아주머니는 고개를 기계적으로 끄덕이며 쓸쓸한 미소를 지어 보였다.

"여기 동물들은 버려진 게 아니에요. 주인들의 잘못은 아니라고 생각해요. 그들은 정말 정부가 말한 것처럼 며칠이면 예전처럼 집에 돌아올 줄 알았는데, 그러다 발전소가 폭발해 버린 거죠. 이틀 뒤에 돌아온다고 했는데 9년이 지나버렸네요. 대부분의 주민들이 짐도 챙기지 못하고 떠나야 했어요."

9년 전 그날, 앞바다에서 강진이 일어났고 그 여파로 큰 쓰나미가 들이닥쳤다. 주민들은 그 쓰나미를 피해 산 너머에 있는 옆 도시에 잠시 머물 생각으로 급히 피신했다. 하지만 불운의 연속으로 다음날 도시의 핵발전소가 터져버렸고 한 순간에 후쿠시마는 격리되었다.

사람들은 잠시 다녀올 것이란 생각으로 동물을 두고 피난을 갔다. (참고로 버스로 대피를 했기 때문에 반려동물들까지 데려올 순 없었다고 한다.)

개들은 도망가지 못하게 묶어뒀고 고양이들은 집안에 가뒀뒀다. 그러나 원전 폭발 이후에 주민들은 격리된 마을로 돌아갈 수 없었기에, 주인을 기다리던 동물의 80퍼센트 이상이 굶어죽었다. 그중 운이 좋은 녀석들은 스스로 줄을 끊거나 집을 탈출할 수 있었고 오직 그들만 살아남았다. 탈출한 동물 중 일부를 메구미 아주머니가 구조해서 지금까지 보호하고 있다.

메구미 아주머니는 몇몇 주민들과 마을로 돌아왔다. 모두가 막았지만 억지로 우겨서 겨우 돌아올 수 있었다고 한다. 그것도 그 일이 벌어지고 한 달 후에나 말이다. 그녀가 이곳에 와 처음 본 건 허기져서 깡마른 몸으로 거리를 헤매고 있던 개들과 가축들 그리고 고양이들이었다. 별생각 없이 하나

둘 먹이를 챙겨주다 이들을 돌볼 사람이 아무도 없다는 걸 알아챈 그녀는 이곳에 남아 남겨진 동물들을 돌보며 살기로 했다. 그리고 지금까지 국가도 안전을 보장할 수 없는 이곳에 남아 있는 것이다.

초기에는 정부나 자선 단체의 지원이 있었지만, 시간이 갈수록 사람들의 관심은 적어졌고 현재는 지원금마저 끊겼다고 했다. 그래서 지금은 정부로부터 받은 자신의 보상금으로 동물들을 보살피고 있다고 했다. 그리고 간혹 우리처럼 찾아오는 사람들이 제공하는 봉사 같은 것을 더해서.

왜 이 일을 하느냐고 물었다. 아주머니는 짧게 말했다.

"내가 아니면 이 아이들은 모두 죽으니까. 죽일 수는 없잖아요. 우리는 사람이니까 당연히 해야 할 일이라고 생각해요."

그래서 인간인 것이다. 정말 인간밖에 할 수 없는 일이다. 인간이 동물보다 지능이 높아서가 아니다. 서로 의사소통을 할 수 있어서도 아니다. 두 손을 사용하고 도구를 만들 수 있어서도 아니다. 대단히 선량하고 양심적이어서도 아니다. 인간을 인간답게 하는 건, 다른 사람에게 공감하는 마음이고 대가 없이 치르는 자신의 희생이다. 인간은 그런 존재고 우

리는 그래서 인간이다. 나는 그 무엇도 아닌 그저 '인간다움'
에 대해 생각했다. 그마저 잃는다면 우리의 중심을 잃을 것
이며 인간은 자멸의 길에 이른다.

이틀 후 후쿠시마를 떠났다. 머무는 동안 메구미 아주머
니 댁에서 동물들을 목욕시키고 산책을 시켜줬다. 대단한 봉
사나 큰 도움을 준 건 아니었다. 그저 그녀와 함께 시간을 보
내고 동물들에게 손을 내밀고 눈을 맞춰줬을 뿐이다.

도모코와 나는 우리가 그들을 도울 수 있는 방법에 관해
지금도 이야기를 나눈다. 이렇다 할 결론은 없다. 그저 후쿠
시마를, 메구미 아주머니를 그리고 그곳의 동물들을 잊지 않
는 게 유일하게 우리가 할 수 있는 일이다.

그동안 생각해보지 못한 생각 : 우리는 왜 인간인가.
나는 한동안 이 질문을 자주 꺼내보기로 나와 약속했다.

#

한국으로 돌아와 몇몇 동물 사료 회사에 연락해서 그곳의 상황을 설명하고 도움을 요청했다. 처음에는 반응이 좋아서 바로 도움을 받을 수 있을 것 같았지만 그때쯤 한일 무역 분쟁이 시작되었다. 일본에 대한 감정이 정말 좋지 않았다. 그래서 도움을 약속한 사료 업체들은 아무래도 여론이 좋아질 때까지 지원을 보류하게 되었다.

그게 벌써 3년 반 전이다.

# 너를 이해한다는 것

너에게는 달려나갈 들판은 있지만

스무 평이 안 되는 집에만 머물지.

너는 어두운 밤마다 달을 보며 야생의 하울링을 낼 수 있

지만, 아래층 여자 때문에 납작 엎드려서 창문을 바라보지.

너는 네 사냥 본능을 건식 사료로 삼켜야 하지.

너는 자궁을 떼어내서 엄마는 될 수 없지만, 모성애는 남

아 있더라.

너는 어디도 갈 수 있지만, 목줄이 허락한 1.7미터 안의

자유에 머물지.

너의 의지나 행동은 너의 소유가 아니게 되었고 현재는

나의 의지가 너의 의지가 되었지.

너는 타고난 사냥 본능을 억누르고 나의 베개를 찢어발기는 것으로 욕구를 채우지.

너는 오빠인 고양이 모리씨를 애증하지.

넌 나의 소유가 아니다.

우리는 서로에게 속해 있다.


하지만 내가 개였다면 너처럼 하지는 않았을 것이다.

이가 가렵다는 이유로 내 소중한 온갖 것들을 찾아내 물어뜯으며 희열을 느낀다거나, 네 오빠인 모리씨를 장난삼아 괴롭히고, 정확하게 알고 있으면서 모르는 척 집안 아무 곳에나 오줌과 똥을 싸고, 끝없이 먹을 것만 탐내진 않을 것이며, 네 지저분한 털과 발톱을 관리해주는 내 손모가지를 물어뜯는다거나, 친근함과 애정의 표시로 내미는 낯선 이들의 손을 물지는 않을 거다.

너의 남매들 중 내가 너를 선택한 건 운명이었다고 치자. 다른 아이들이 모두 활기찬 와중에 넌 사육장 구석에서 세상 귀찮다는 듯 졸고만 있었지. 그런 널 보며 나는 생각했다. 내가 아니면 너는 대부분 묶인 채로 작은 철창 안에서 평생을 살아야 할지도 모른다고. 너의 다른 형제들은 애교가 있어

누구라도 데려갈 것 같아서, 난 너를 선택했다. 자그마한 널 어떻게 안아야 할지 몰라 조심스러워하면서. 너에게 가장 소중하고도 아름다운 이름을 지어주고 싶어 오래오래 생각한 끝에 '오로라'라는 이름을 지어주었을 때 느꼈던 기쁨. 그날 이후 우리가 함께한 시간이 자그마치 6년이다.

무슨 짓을 하든 용서하고 널 가슴에 품어주고, 하루에 두어 번 산책시키고, 내가 먹는 쌀보다 더 비싼 먹이와 간식을 챙겨 먹이고 주기적으로 병원에 데려가 검진을 받았다. 내가 이러니 그만큼 고마워해달라는 건 아니지만 그래도 내가 널 배려하는 마음은 알아줬으면 한다.

너와 지내는 게 버거울 때도 많다. 넘치는 에너지와 커질 만큼 자란 몸, 때마다 분수처럼 뿜어대는 털과 가끔의 예민함과 자포자기에 가까운 깽판. 내가 바빠질수록 점점 길어지는 너 혼자의 시간. 그게 내 마음에 큰 부담이 되기도 했다. 그래도 같이한 추억이 많기에 나는 늘 너에게 부족하지 않은 사랑을 주려 했던 건 인정해주었으면 한다.

나는 너를 통해 배운다. 나 자신이 아닌 타인을 사랑한다는 것, 거기에는 조건도 이유도 없다는 것, 그리고 네가 좋으면 내가 희생하고 불편하더라도 나도 좋다는 것도. 나는 네가 좋다. 무한한 신뢰로 날 바라보는 네가 말이다.

함께한다는 건 사랑만 하는 것과는 다르다. 인내도 필요하고 다름을 받아들일 마음도 필요하다. 조각이 맞지 않는다고 다른 조각을 찾아나서기보단 무너지지 않도록 조심히 쌓아둬도 된다.

이제까지 나와 맞지 않는다는 이유로 밀어내기만 했던 인연들이 많았다. 나는 내가 옳고 그들이 틀렸다고만 생각했다. 하지만 틀린 건 없다. 누가 맞고 틀리냐의 문제가 아니라 모든 건 원래 서로 다른 우주를 가지고 있다는 것이다. 그걸 안 지금, 이제 서로를 여행하는 것처럼 살아가고 싶다.

오로라, 우리 제발 서로에게 잘하자.
우리 중 누가 더 오래 살지는 모르지.
분명 둘 중 하나는 먼저 떠날 테니깐.
나중에 후회하지 않도록…… 진짜!

그래도 매일 나의 고독의 밤에 곁에 있어줘서 고마워.

# 그녀들이 떠나고
# 나의 한 시대가 갔다는 걸 알았다

이 찬란한 햇빛을 너에게

이 잠들기 좋은 빗소리를 너에게

이 부드러운 바람을 너에게

이 따뜻한 커피를 너에게

이 좋은 노래를 오직 너에게

그리고 내가 가진 너에 대한 기억을 다시 너에게⋯⋯

그녀가 죽었다는 이야기를 전해들었을 때 어떤 반응을
보여야 할지 난 알 수가 없었다. 믿을 수 없는 이야기였고 결
코 있을 수 없는 일이라 생각했다.

사람이 어떻게 그렇게 갑자기 죽을 수 있지?

사람이 아무런 증후도 없이 죽을 수 있는지 이해할 수가 없었다. 살아가면서 다양한 일들이 일어난다 해도 옛 여자친구의 죽음은 영화나 소설에나 있는 일이지 내 일은 아닐 거로 생각했다.

그녀는 3년 전 장마 때 내가 운영하던 카페에 나를 보러 왔었다. 그후 우산을 깜빡 두고 갔다며 연락이 왔고, 아끼는 우산이니 잘 맡아달라고 했는데, 아끼는 우산을 두고 죽어버렸다.


함께한 시간은 딱 한 철이었지만 서로를 증오하거나 특별한 다툼도 없이 우리는 정말 쿨하게 사귀다 이별했다. 그러고도 친구 아니 그보다 가까운 사이, 애정보다 진한 전우애로 잘 지내길 바라는 사이가 되었다. 그건 내가 꿈꾸는 이상적인 관계였는지도 모른다.

그녀, 그후 두 명의 가수가 정시에 출발하는 열차를 기다리는 사람처럼 차례대로 떠났다. 동시대를 살아가던 그녀들이 떠나고 나니 마음속에서 뭔가가 빠져나간 기분이 들었다. 물론 서로를 몰랐지만 우리는 분명 같은 마음으로 웃고 춤추고 취하고 화내고 사랑하고 미워하고 미래에 대해 막연히 기대했을 것이다. 옛 여자친구의 죽음도 그랬지만 그녀들의 죽음을 통해 나의 한 시대도 떠났다는 걸 느꼈다.

그 이후 난 예전처럼 자주 웃지 않고 춤추기를 멈췄고 취하지도 화내지도, 그리고 설레지 않게 되었다. 그저 불안해진 미래가 오는 걸 두려워했다.

아직도 지우지 못한 전화번호와 새로운 사진이 올라오지 않는 너의 인스타그램과 문득 전화를 걸어 일상의 고달픔을 하소연할 사람이 사라졌다는 것이 난 슬펐고, 네가 두고 간 우산은 어찌해야 할지 몰라 먼지만 쌓여가고 있다. 저마다의 이유와 사유들, 무엇을 그렇게 견딜 수 없었는지 난 물어보고 싶다. 그 이유는 같은 시대를 살았던 나와도 무관하지 않았을 테니깐.

비좁은 내 마음, 얄팍한 내 생각의 한계, 너를 만나고 이렇게 찾아온 이별에 한순간 숨이 막혀오곤 한다.

더는 하고 싶은 것만 하고 만나고 싶은 사람과 하고 싶은 말을 할 수 없게 되었다. 이제는 이상과 꿈 그리고 재미만으로 살아갈 수 없었다. 왜냐하면 삶은 현실이고 시간은 나의 어영부영함을 기다려주지 않는다는 걸 절실히 알았다. 나는 너와 그녀들의 죽음으로 어른의 시간을 강제로 살고 있다.

얼마 전 여자 개그맨의 죽음으로 정말 뒤통수를 강하게 한 대 맞은 기분이었다. 친구라기보다 지인에 가까운 사이였지만, 언제나 웃는 얼굴로 "작가님, 어떻게 그런 글을 써요?"라고 묻던 그녀의 사랑스러운 표정이 생생한데……. 그래서 받아들이기 힘들었다. 사람들에게 웃음을 주는 일을 하지만 정작 자신은 웃지 못하고 숨죽이고 괴로워했을 비애가 얼마나 컸을지 마음이 아팠다.

지금도 어디선가는 죽고 다른 누군가는 태어난다. 그리고 아이에서 청년이 되고 또다른 누군가는 청년에서 어른이 된다. 분명 언젠가 나의 자리를 다음 세대에 넘겨주고 나는 시대의 저편으로 물러나는 것이 인생의 법칙이고 세상을 살아가는 규칙이다.

이 사실이 나를 슬프게 한다. 언제까지나 한 시절에 유유히 머물지 못한다는 사실 말이다. 인생은 마치 의자 뺏기 놀이 같고, 그 누구도 의자를 차지하지 못하는 형국인 것이다.


잘 가라!

잘 가요!

부디 잘 가야만 해요.

# 신이 나는
# 날아오를 거라고 하셨다

히말라야 서쪽 끝 라다크 지역에 머물고 있을 때

희박한 공기 때문에 머리와 기분이 몹시도 몽롱했다. 태초의 지구가 이런 모습이 아니었을까 싶을 정도로 아무것도 없는 곳. 특수한 지형과 염분 때문에 아무것도 자라지 못하는 돌산을 오토바이로 달리며 인생이 하찮고 참 별 볼 일 없다는 생각이 자꾸 머릿속에 맴돌았다.

살고 싶지 않다.

살아갈 이유를 전혀 찾지 못하겠다.

알 수가 없다. 인생이라는 게 어디로 흘러가는지.

모두가 밉다.

부조리한 세상에 자비나 구원이 있기나 한지 궁금할 뿐.

무엇보다 나는 내가 싫다.

꿈도 의욕도 없이 그저 매일 누워만 있는.

그리고 그때 신을 만나봐야겠다고 다짐했다.


그 여행에서 돌아오고 2년 후, 바이러스 시대에 발목이 잡혀 아무데도 못 가게 되었을 때 나는 신의 목소리를 대신 전한다는 무당을 찾아갔다. 무당이니 내가 앉기도 전에 왜 찾아왔는지 안다며 다그칠 줄 알았는데, 다양한 신들을 모셔놓은 제단을 뒤로하고 앉아 나에게 태어난 시간과 날짜 그리고 이름을 물었다. 그다음 두 다발로 된 쇠방울을 흔들어 소리를 냈다. 소리는 영화에서 봤던 무당들의 방울 소리처럼 요란하지 않았다. 부드럽고 잔잔했다.


무당을 직접 본 건 처음이었다.

그녀는 내가 가지고 있던 무당의 이미지와는 전혀 달랐다. 오색찬란한 한복을 입지도 눈썹을 진하게 그리지도 않았고, 얼굴을 하얗게 분칠하지도 입술을 빨갛게 칠하지도 않았다. 그녀는 젊었고 온화하고 수수해 보였다. 하지만 동시에

풍랑 속의 등대처럼 빛나는 사람이었다.

내게 처음 건넨 말은 이랬다.

"마음 둘 곳이 없네요. 비행기를 타고 바다를 건널 운명인
데⋯⋯. 하긴 감염병 때문에 어디를 못 가겠지만⋯⋯."

그러더니 차분히 내 눈을 바라봤다. 도전적이거나 내 안
을 들여다보려는 눈빛이기보다는 마치 할머니가 잠든 어린
손주를 바라보듯 따뜻했다.


나는 무당을 시험할 생각이 없었다. 시험이란, 이 무당이
진짜 용한지 아니면 그냥 사기꾼인지 알아보기 위해 내가 이
미 알고 있는 걸 묻지 않았다는 뜻이다.

"저는 제가 잘되었으면 좋겠어요."

내 말에 무당은 미소를 지으며 대답했다.

"우선 건강부터 챙겨야 하겠는걸요. 동영 씨처럼 아픈 걸
우리 세계에서는 신병이라고 하죠."

'신병'이라는 말을 듣고 내심 놀랐다.

"몸이 아픈 건 사실인데요, 그건 운동을 안 해서 그런 거
같아요. 제가 워낙 움직이는 걸 싫어해서요."

"마음이 더 아플 텐데요."

난 공황장애와 우울증 중증 환자였으니 마음이 아픈 건

사실이었다. 그래도 앞에서 티내지 않고 속으로 '헐! 이걸 맞추네' 하고 생각했다.

무당은 나의 앞날에 대해서 몇 가지 예언해주고 그 일이 왜 일어날 수밖에 없는지 말해줬다. 아직 일어나지 않은 미래의 이야기라 미리 판단할 수는 없었지만, 그녀는 그것이 모두 사실이고 반드시 맞이해야 할 나의 운명처럼 말했다.

점을 보러 오기 전 나는 무슨 말을 듣건 그대로 받아들이지 않겠다고 다짐했기 때문에 솔직히 별 기대가 없었다. 다만 토속 신앙의 관점에서 볼 때 나는 어떤 운명으로 살게 될지가 궁금했을 뿐이다. 나는 꽤 심각하게 물었다.

"제가 신병을 앓고 있다면 신내림을 받아야 하나요?"

"한 번의 기회는 열네 살에서 열일곱 살 사이에 있었고, 앞으로 또다른 시기에 올 거예요. 그때가 되면 신이 이끄는 대로 가겠죠. 스스로 거부할 수도 있겠지만 결정은 온전히 동영 씨 몫이에요. 신들은 오직 길을 만들어놓을 뿐 이끌지는 않아요."

"내가 무당이 된다면 흥미롭긴 하겠네요. 친구들도 가족들도 깜짝 놀라겠어요."

이 말에 그녀는 그게 싫으냐고 물었다.

"딱히 두렵지는 않은데요. 이제까지 한 번도 생각해본 적 없는 일이라 당황스럽긴 하네요. 두 볼에 연지 곤지 찍고, 아이 목소리 내는 건 싫네요."

그녀는 웃으며 말했다.

"박수무당이 된다고 모두 동자 신령이 오는 건 아니에요. 어떤 신이 들어올지는 신내림을 받은 다음에 알게 되거나 아니면 몇 년 후에 알게 돼요. 그리고 한 몸에 여러 신들이 들어오기도 하고……."

"다른 거 물어봐도 되나요?"

"어떤 걸요?"

"무당으로 산다는 건 어떤 기분인가요?"

"자기 미래보다 다른 사람에 대해 궁금한 거예요?"

그녀의 물음에 내가 고개를 끄덕이자, 소리 없이 미소 지으며 말했다.

"그런 점이 동영 씨가 박수무당이 될 운명이라는 거죠. 다른 사람들에 대한 끊임없는 호기심이 나중에는 영적으로 바뀌는 거예요."

그러면서 내게 종교가 있냐고 물었다. 나는 교회에 안 나가는 기독교인이라고 했다.

"그럼, 우리가 모시는 신들은 믿지 않겠네요? 왜 오셨어요?"

"궁금했어요. 다른 신들은 나에 대해서 뭐라고 말해줄지."

무당은 여전히 미소를 띤 채로 말했다.

"이미 동영 씨에 대해서 이야기해줬고, 그걸 믿든 안 믿든 그건 받아들이는 사람 즉, 본인의 몫인 거예요."

"소리 내지 않고 웃는 모습이 참 예쁘시네요."

무당은 뜬금없는 칭찬에 다시 웃었다.

"처음이네요. 사람들은 이제까지 자신들의 미래나 문제에 대해서만 묻지, 나에 대해서 궁금해하지는 않는데…… 고마워요. 예쁘다고 해줘서."

좀더 밝은 미래를 위해 부적을 써야 하는 건 아니냐고 묻자 그녀는 내게 선한 조상들이 보호해주고 있어서 부적은 필요 없다고 했다.

"무당으로 사는 건 낙인을 찍고 사는 거죠. 사람들은 무서워하거나 사기꾼인지 아니면 진짜인지를 궁금해하죠. 그리고 요즘은 무속인에 대한 편견이 그나마 사라져 옛날 무당들처럼 천하다고 손가락질하지는 않아요. 다만 어떻게 대할지 몰라 모른 척할 뿐이죠."

"만신님은 예쁘셔서 남자들이 좋아하지 않아요?"

내 바보 같은 말에 그녀는 그제야 소리 내어 웃었다. 웃음소리는 그녀가 흔드는 방울 소리처럼 부드러웠다.

나는 마지막 질문을 했다.

"저는 계속 지금 하는 일을 할까요?"

"글은 계속 쓰실 거예요. 설사 신내림을 받는다고 해도. 그리고 그 결과도 좋아요. 당신은 그래야 하는 사람이니깐."

"제가 대단한 글을 쓰는 것도 아닌데, 의심하지 말고 계속 써야 한다는 거죠?"

"세상 모든 것이 동영 씨가 글을 쓰게 만들 거예요."

"세상 모든 게요? 잘 모르겠네요. 아무튼 글 쓰는 내 모습이 멋있다고 생각하긴 해요."

"네, 멋있어요. 그러니깐 쓰세요. 다만 당분간 사업 같은 건 하지 말고요."

그녀가 점친 나의 미래에 대한 이야기를 믿고 안 믿고는 중요치 않았다. 누군가가 정말 그렇게 될 것이라고 확신에 차서 해주는 나의 이야기를 들을 수 있어서 조금 마음이 놓였다고나 할까? 그녀를 만나 진짜 신이나 조상의 영혼 같은 것이 종교와 상관없이 나와 함께 존재한다는 걸 불현듯 느꼈기 때문이다.

#

생각해보니 나는 글을 쓴다고 말한 적이 없었고, 어머니와 할머니가 돌아가셨다는 이야기는 하지 않았다. 그녀는 그걸 어떻게 알았을까? 그녀가 정말 영험한 만신이라면 정말 내가 박수무당이 되는 건 아닐까?

과연 신은 있을까.
만나본 적도 없고 찾아보려 한 적도 없다.

대륙에서 5,600km 떨어진 외딴섬에서도, 얼음으로 덮인 대륙에서도, 올리브가 자라는 마을 언덕에서도, 모래사막에서도, 공기가 희박한 고산에서도, 그리고 우리가 만든 문명화된 도시에서도 모두가 신을 기다리고 있었다.

인류의 그 간절함은 어디서 왔을까.
내가 인생에 대해 자주 허망함을 느끼는 것도 신의 존재 여부와 연결되어 있는 것만 같아 나는 그저 속이 쓰리다.
어디에 있든, 신이 지금의 나를 마음에 들어하길 바란다.

# 괜히
# 생각 있는 척하지 않기

밀리가 날 이끌지 않았다면

정글에 이런 곳이 있다는 걸 절대로 몰랐을 것이다.

밤의 어둠에 가려진 정글 사이로 난 비포장길을 한참 달려 도착한 마을은 완전 다른 세상이었다. 반짝이는 크리스마스 전구와 원시적인 느낌의 횃불을 밝혀놓은 그곳은 다양한 인종의 사람들로 북적였다. 대나무로 대충 지어진 술집들과 거리에 설치된 스피커에서 시끄럽게 흘러나오는 '산타나Santana'의 살사 연주가 마을의 분위기를 고조시키고 있었다.

나는 마을 어딘가에 서서 적응하지 못하고 낯선 주변을 두리번거렸다. 여기서 정신 차리지 못하면 아무도 모르는 사이에 납치되어 팬티까지 털려 정글에 버려질 거 같아 불안했다. 쫄아버린 내 마음을 아는지 모르는지 밀리는 환상적이라며 광분해서 나를 이끌었다.

결국 그녀가 데려간 곳은 영화 〈황혼에서 새벽까지〉에 나올 법한 땀냄새가 배어 있는 인생 막장 술집 같은 곳이었다.

화장이 진한 여주인이 "지옥에 왔으니 시원한 맥주를 마셔야지?"라고 말하며 길가 쪽 테이블로 안내했다. 난 모든 게 신기하기만 해서 테이블에 앉아 흥청망청한 마을을 힐끔거렸다. 여주인은 맥주 대신 위스키 잔에 정체를 알 수 없는 술을 먼저 가져다줬다.

"맥주 주문했는데요."

밀리의 말에 여주인은 놀리듯 웃었다.

"여기선 이걸로 시작하는 거야. 독 같은 건 타지 않았으니깐 걱정 마."

그 말에 오히려 의심이 들었지만 우리는 건배를 하고 단숨에 잔을 비웠다. 어찌나 독한지 술이 식도를 타고 흘러내리는 느낌은 차라리 섬찟했다. 사람의 식도가 어디에 어떻게 연결되어 있는지 알 정도로 몸속은 화끈거렸다.

"아우!"

우리는 동시에 탄성을 내지르며 얼굴을 쓰레기통에 버려진 깡통처럼 찌그러뜨렸다. 여주인은 그런 우리를 보고 씩웃으며 맥주를 가져다줬다.

"천천히 둘러봐. 밤은 길고, 오늘밤이 아니면 내일 밤도, 그다음 밤에도 여긴 열려 있으니까."

여주인은 가게 안의 다른 손님들을 소개했다. 그들도 여기서 처음 만났을 텐데 오래 알고 지낸 사이처럼 둥글게 모여서 술을 마시고 있었다. 밀리와 나도 그들을 향해 맥주병을 들어 보였다.

여주인은 나를 번번이 '미스터'라고 불렀다. 그리고 유일한 여자 '밀리'에게는 '마이 뷰티풀'이라 했다. 여주인 말고 바에는 어린 남자아이가 손님들의 시중을 들고 있었다. 소년은 우리를 뚫어지게 바라보다 눈이 마주치면 재빠르게 재떨이를 가져다줬다. 소년은 재떨이를 절대 테이블에 올려두지 않고 들고 있었다. 손님들이 재를 털 때 잽싸게 다가와서 재떨이를 받쳤다. 그러면 손님들이 소년에게 얼마의 팁을 주는것 같았다. 그것이 소년의 임무인 양 시선은 언제나 손님들이 들고 있는 담배에 고정되어 있었다. 그런 면에서 소년은 진정한 프로였다. 재떨이가 필요하다고 생각하는 순간, 이미 0.5초 전에 재떨이가 우리 앞에 도착해 있었다. 말을 걸어봤지만 소년은 그저 미소만 지어 보였다. 여주인은 소년이 부끄럼이 많다고 했다.

바 건너편에는 사방이 유리로 된 집이 있었다. 그 안에는 원시의 정글과 어울리지 않게 화려한 드레스를 입은 여자들이 앉아 있었다. 밀리와 내가 그 유리집을 신기하게 쳐다보고 있으니 여주인이 "미스터라면 미녀들에게 술을 대접해야지"라고 말했다. 그 말을 이해 못하는 우리에게 여주인은 유리집에 있는 여자 중 마음에 드는 사람이 있다면 그녀에게 술을 사고 또 함께 마실 수 있다고 했다.

밀리는 내게 "미스터 피시, 너도 골라볼래?"라고 말했다. "내게는 뷰티풀이 있어서 그럴 필요 없지" 머쓱하게 웃으며 말하자 밀리가 크게 웃었다.

그때 유리집의 여자 두 명이 맞은편 테이블로 이동하더니 미국과 프랑스에서 여행 온 남자들 옆에 앉았다. 그녀들은 주문하지 않지만, 여주인은 익숙한 듯 콜라와 오렌지 주스를 가져다주며 그녀들은 술이 약하다고 말했다.

몸을 돌린 여주인이 밀리를 가리키며 나에게 물었다.

"미스터의 애인이야?"

"친구예요. 우린 같은 숙소에서 만났어요."

밀리가 나에게 대뜸 물었다.

"나 때문에 즐기지 못하는 거 아니지? 난 신경 안 쓰니깐. 초대해도 괜찮아."

밀리의 말에 나는 고개를 저었다.

"이 흥청망청한 분위기만으로 충분해. 마을 구경 갈래?"

우리는 새로운 맥주를 가지고 마을을 구경하러 나갔다.

떠나는 우리를 향해 여주인은 전갈이 들어 있는 술병을 흔들었다. 그리고 친근한 어투로 당부했다.

"구경하고 다시 와. 그런데 천국을 보여주겠다는 사람은 따라가지 않는 게 좋아. 전부 사기꾼이니깐."

"근데 병에 든 그건 뭐예요?"

밀리가 묻자, 여주인은 장난스레 윙크했다.

"첫 잔으로 마신 거. 이 동네의 자랑 '전갈 위스키!'"


우리는 흙먼지가 날리는 거리를 걸었다. 예수님이 부활해서 이곳에 오신다면 다시 돌아가고 싶을 만큼 제멋대로인 곳이었다. 소돔과 고모라의 타락한 도시처럼 말이다. 끝도 없이 길을 따라 노천 술집, 문신 가게, 매춘 업소들과 마사지 가게와 스트립 바 그리고 행인들을 호객하는 뚜쟁이들과 레이디 보이들, 불타는 막대기를 돌리는 사람들과 불붙은 밧줄로 줄넘기를 하는 여행객들, 코코넛으로 만든 악기나 가짜 담배 그리고 앙코르와트에서 훔쳐온 돌조각을 팔아보려고 매달리는 아이들, 구토하는 사람, 노상 방뇨하는 사람, 흘러간 히트송을 연주하는 캄보디아 커버 밴드와 술병을 들고 그 앞에서 막춤을 추는 사람들, 은밀히 마약을 권하는 사람, 모든 게 지겹다는 듯 돌아다니는 경찰들, 서로에게 주먹질해대는 사람들과 그걸 서서 구경하는 사람들, 길가에 주저앉아 술을 마시는 사람들과 취해 바닥에서 잠든 사람들을 구경하며 걸었다. 바깥세상에서 금기되고 정신 나갔다는 소릴 듣는 사람들이 거기에 다 모여 있는 거 같았다.

우리는 한쪽 길가에 앉아서 그 광경들을 바라봤다. 밀리가 말했다.

"인간은 제멋대로야."

"그러게. 지금까지 신이 우리를 멸망시키지 않는 게 오히려 이상할 정도라니깐."

영화를 보는 것처럼 이 모든 걸 앉아서 구경하다 다시 바로 돌아갔다. 밤이 깊어갈수록 더 많은 사람으로 마을은 붐

볐고 광기는 더해갔다. 바 근처에 가니 대나무 발코니에서 여주인이 우리를 향해 손을 흔들었다.

"전갈 위스키?"

밀리는 고개를 끄덕이며 "맥주도요"라고 소리쳤다. 여주인은 술을 가져다주며 말했다.

"전갈 위스키를 마시면 취하지 않아. 전갈 독이 알코올을 다 희석하거든."

우리는 전갈 위스키를 단숨에 입안으로 털어넣었다. 역시 독했고 우리의 얼굴은 금세 붉어졌다.


이제 유리집 주변에는 남자들이 가득했다. 마을의 공기는 사람들이 내뿜는 욕망과 열기로 후끈 달아올라 축축하기까지 했다. 나는 멍하니 앉아 있었다. 콧등의 땀을 닦으며 밀리가 물었다.

"무슨 생각해?"

"나는 저 사람들과 뭐가 다를까?"

"넌 어떤 거 같은데?"

"나라고 다르지 않겠지. 다만 나는 내 욕망을 어떻게 해야 하는지 모르고, 어설픈 죄의식으로 애써 그걸 누르고 있는 건 아닐까 하는 생각을 했어."

"난 남들과 다르다거나 다른 사람들보다 도덕적이라는 생각은 오만한 거 같아."

그녀의 말에 나는 고개를 끄덕였다. 순간 궁금해졌다.

'지구 위에 떠 있는 인공위성에서도 여기가 내려다보일까? 위에서 보면 여긴 어떻게 보일까?'

그때 여주인이 우리에게 다가왔다.

"마이 뷰티풀 그리고 미스터, 재미있는 시간 보내고 있어?"

우리는 그렇다고 말하며 전갈 위스키를 한 잔 더 주문했다. 여주인은 잔을 가져와 우리 옆에 앉으며 물었다.

"뭘 보고 있어?"

밀리는 턱으로 마을 광장 쪽을 가리켰다.

"여기 그녀들은 대단해. 천사 같지."

밀리와 나는 이해가 가지 않는다는 표정으로 여주인을 바라봤다.

"동생들을 학교에 보내기 위해서, 아버지에게 땅을 사드리기 위해서, 그리고 판잣집이 아닌 제대로 된 집을 짓기 위해 일을 하는 거야. 자신을 위한 건 하나도 없어."

여주인은 담배를 피우며 말했다.

"이렇게 가난한 땅에서 돈을 버는 방법은 많지 않아. 특히 여자들에겐 그렇지. 여기선 미래를 보장받을 만큼 돈을 벌 수 없거든."

가슴이 답답해지는 이야기였다.

"그렇다고 동정은 하지 마. 그게 그녀들을 슬프게 하니깐."

"슬프게 한다고요?" 밀리가 물었다.

"그녀들에겐 값싼 동정은 필요 없다는 거지. 어설픈 동정보다 점잖게 대해주는 게 그녀들에겐 더 도움이 되니깐."

여주인은 그렇게 덧붙이며 테이블 위의 빈잔을 치웠다. 한참을 앉아 있다 우리는 자리에서 일어났다. 그리고 작별 인사를 했다.

"다시 와. 그리고 너무 깊게 생각하지 말고. 삶은 저마다의 방식으로 흐르니깐."


우리는 오토바이 택시를 타고 올 때처럼 까만 정글을 가로질렀다. 흔들리는 오토바이 뒷자리에서 운전사의 허리를 꽉 잡고 내가 본 밤 풍경을 떠올렸다. '값싼 동정, 도덕적인 척, 그런 건 그녀들에게 당장은 쓸모없다'라는 여주인의 말이 자꾸 생각났다. 맞는 말이다. 나도 그 남자들과 다르지 않을 것이다. 다른 척할 뿐이지.

'나는 운이 좋아서 그나마 잘사는 나라에 태어나서 다행인가? 아니면 나와는 상관없는 일인가?' 그곳에서 나는 양심적이고 그들과 다르다고 생각한 것이 부끄러워졌다. 그런데 그 부끄러운 감정 역시 아무런 쓸모가 없다. 불공평하고 잔인할 정도로 냉정한 세상을 욕해야 하나?

비포장길을 흙먼지를 날리며 달리는 오토바이 뒤에서 생각이 많아졌다.

그날 밤 동남아시아 중앙의 정글 속에서 내가 그저 가식적이고 욕망을 숨긴 채 고고한 척 살고 있다는 걸 알았다.

나는 아무것도 어떤 것도 그리고 무엇도 아니었다.

## 헤어지고 나서는……
## 문장이 남는다


누구나 가슴 아픈 이별 하나 정도는 가지고 있을 것이다.

나도 그랬고 내 친구 최다니엘도 그렇다. 예상하지 못했던 이별을 겪고 그 마음 둘 곳 없던 시절, 매일 낙서처럼 써오던 글로 시작하다 어느덧 한 편의 짜임새를 갖춘 글을 쓰기 시작했고, 그것들이 모이고 모여 문장이 되었고, 그 문장은 모여 문단이 되었다. 그건 결국 책이 되었다. 아주 오래전 일이다. 그때 나는 지금보다 훨씬 순수했고 다듬어지지 않은 날 것의 열정을 가지고 있었다.

그녀는 나보다 다섯 살이 많았다. 그래도 몇 해 동안 우리는 문제없이 잘해왔다. 치기어린 시절 연애는 불덩어리 같았고 서로가 세상의 유일한 사람이라고 믿었다. 그녀를 떠나서 나는 살 수 없었고 그녀가 아니면 나는 내가 아니었다. 그땐 그렇게 믿었다.

그렇지만, 우린 헤어졌다. 이별의 징후는 있었지만 억지로라도 유지하려 노력했다. 내가 그러면 그럴수록 그녀는 나를 밀어내기만 했다. 얼마나 많은 밤과 낮을 그녀의 마음을 돌리려 노력했던가.

그러나 그 장면을 봤을 때, 나는 다시는 우리가 함께할 수 없다는 걸 현실적으로 인정할 수밖에 없었다.

퇴근 시간이었고 그녀의 회사 앞은 사람들로 분주했다. 그녀의 회사 앞 건널목에서 기다렸다. 나에게 이별을 선언한 그녀의 진심을 다시 확인하고 싶었고 또 마음을 돌리고 싶었다.

사람들 속에서 나는 그녀를 발견했다. 그녀에게 다가가려 했을 때 어떤 남자가 나타났다. 두 사람은 손을 잡고 근처에 주차된 차를 타고 떠났다. 그 광경을 보고서야 나는 우리가 헤어졌다는 사실을 인정할 수 있었다.

충격과 배신감에 치가 떨렸다. 가슴을 갈라서라도 속을

들여다볼 수 있다면 거기에는 배신으로 까맣게 그을린 내 심장이 있었을 것이다. 절망의 구렁텅이에서 허우적거렸다.

이별 아니 버림받은 것을 잊기 위해 밤새워 술을 마셨고, 숨이 차 심장이 터져버리기 직전까지 강변을 뛰었고, 친구들에게 조언을 구하고, 마음의 안정을 위해 새벽 기도를 나가고, 기분 전환을 위해 전국 사찰로 여행을 다녀도 까맣게 그을린 마음은 쉽사리 아물지 않았다. 만난 시간만큼의 시간이 필요하다는 누구의 말처럼 그때 내게 필요한 건 긴 시간이었는지도 모르겠다. 그렇지만 그 시간을 버텨낼 수 없었다. 하루가 백년 같았고 순간마다 그녀의 부재에 마음이 너무 아팠고 썩어갔다.


그때 방대한 시간 동안 글을 썼다. 그녀에 대한 글을 쓰고 나면 조금 안정되었다. 그건 나를 위로하는 나만의 방식이었다.


휴일을 앞둔 밤에 아무도 없는 새벽
도로를 질주해서 바닷가에
아직은 어두운 하늘 천평궁은 빛났고
차 안으로 스며드는 찬 공기들

......

너와 만난 시간보다 많은 시간이 흐르고

그 바닷가에 다시 또 찾아와

만약 그때가 온다면 항상 듣던 스미스를

들으며 저멀리로 떠나자

기다릴게 언제라도 출발할 수 있도록

항상 엔진을 켜둘게


한 방울의 눈물을 흘리듯 단번에 써내려간 글이다. 언제라도 다시 그녀가 돌아온다면 과거를 모두 뒤로하고 다시 함께하겠다는 생각이 담긴 글이었다. 엔진은 내 심장을 말하는 것이고 그걸 늘 켜둔다는 건, 그녀가 다시 돌아올 때까지 기다린다는 의미였다. 후에 이 글은 운좋게 '델리스파이스'의 김민규 씨의 눈에 들어 〈항상 엔진을 켜둘게〉 노랫말의 초고가 되었다.

이 노래가 세상에 들리게 된다면 그녀가 내게 다시 돌아올 거라고 생각했다. 하지만 현실은 그렇게 로맨틱하지 않았다. 그녀는 돌아오지 않았고 그녀는 그녀만의 인생을 살아갔다. 우리가 함께한 시간이나 나눴던 대화 그리고 나의 감정은 폼페이 베수비오화산의 용암처럼 흘러 내 노트를 한 줄

한 줄 덮었다.

이별을 통해 나는 솔직한 나의 감정을 글로 표현하는 법을 배웠고, 글이라는 건 쓴다고 써지는 것이 아니고 내 안에 고여 있는 걸 꺼내는 방식도 중요하다는 걸 알았다. 글은 예측할 수 없는 때에 저절로 써진다는 걸 알게 되었다.

그후 글을 쓰는 전업 작가가 되었다. 지금에 와서 생각해보면, 그 이별이 없었다면 나는 내가 글이란 걸 쓸 수 있는지조차 몰랐을 것이다. 그리고 썼다 해도 지금과는 전혀 다른 방식으로 썼을 것이다. 물론 지금과는 다른 모습, 다른 직업을 가지고 살아갔을 수도 있다.

그녀와의 이별 덕분에 나는 내 감정을 담담하게 바라보는 법을 배웠고, 글을 쓰는 사람이 되었다.

작가가 된 지금 나는 그녀에게 큰 빚을 졌다.

# 10월의 진도는
# 무화과가 한창

'본 이베어<sup>bon Iver</sup>'의 노래 〈For Emma〉 마지막 소절처럼,
내 인생도 서서히 사그라들다 끝장나고 있다고 생각했다.

아팠다. (어쩌면 극대한 우울함이다.) 그래서 내 육신은 짙
은 무게로 물들었고 마음과 내장 기관들은 바위처럼 딱딱하
게 굳어갔다. 365일 중 350일은 아픈 나에게 이건 더는 특별
한 일이 아니었다. 2017년 가을이 시작되는 9월 초부터 고꾸
라지는 도지코인의 그래프처럼 하강하더니 10월에 들어서자
거의 밑바닥까지 내려앉았다. 무엇이 날 그렇게 아프게 하고
밑으로 잡아끄는지 알 수 없었다.

매일 약을 삼키고 온갖 병원에 가봐도 특별한 병명도 없었다. 의사들은 마음의 병이라고만 했다. 실체도 없고 명확한 근거도 없는 병이라 깁스를 하거나 수술을 할 수도 없어 그냥 속수무책으로 있을 뿐이었다. 계속 이런 식이라면 어떻게 남은 삶을 살아가야 할지 알 수 없었다. 나만큼 몸이 아프고 괴로운 사람이 있는지 궁금했다. 만약 이 세상에서 나만 그렇다면 너무 억울하고 이제는 살고 싶지 않다고 생각했다.

진도로 갔다. 낚시꾼만 찾는 쇠락한 어촌 마을의 민박집에 머물렀다.

꽃무늬 이불을 뒤집어쓴 채 잠을 자는 것도 아니고 그렇다고 깬 것도 아닌 몽롱한 상태로 누워만 있었다. 가을바람이 미닫이 창문을 계속 두들기며 허술한 문틈으로 새어 들어왔다. 그 바람에 몸서리치며 난 더 이불 속으로 파고들었다. 그뿐이었다.

밖에 나가지도 않고 누워서만 지냈다. 끼니를 챙겨주시는 할머니가 아니었다면 이불 밖으로 나올 일도 없었다. 나는 그때 거기서 무슨 생각을 했는지 지금은 다 잊었다. 지금에 와서 생각하면 그렇게 아파할 필요가 있었나 하는 생각도 든다. 그때 난 세상이 내가 살아가기에는 너무 세다고 믿었

다. 지금은 조금 생각이 바뀌어서 세상이 센 게 아니라 내가
그저 약한 거라고 생각한다.


　그렇게 사흘이 지났다. 할머니께서 문을 열고는, 오늘은
날이 따뜻하니 바다에 나가보라고 하셨다. 할머니의 말씀은
강요와 권유가 아닌 인사 같은 것이었다.
　밖으로 나가고 싶지 않았지만 내 몸은 이쯤에서 한 번은
움직일 때라고 알려왔다. 운치라곤 전혀 없는 거지 같은 방
파제를 걸었다.
　할머니 말씀처럼 날씨는 따뜻했다. 불어오는 바람도 밀려
오는 파도도 상쾌하다고 느낄 만큼 적당했다.
　조금 걸었을 뿐인데 몸이 무거워 더 걷고 싶지 않았다. 나
는 바다를 등지고 앉았다. 오랜만에 쬐는 바닷가의 햇살에
몸이 나른해졌다. 바람이 자꾸 불어오더니 내 몸에 있는 틈
으로 생기 같은 걸 불어넣었다. 하지만 나는 그때 생기 따위
는 필요하지 않았다.
　바람을 피해 방파제 아래로 내려와 시멘트벽에 기대어
정오의 나른함을 느꼈다.


　잠이 들었던 것 같다. 얼마나 거기서 좋았는지 알 수 없었

다. 긴 시간은 아니었을 것이다. 눈을 떴을 때도 해는 여전히 머리 위에 있었으니깐.

담배를 피웠다. 며칠 만에 피우는 담배라 아찔했다. 현기증이 나서 벽에 더 몸을 기댔다. 내 마음의 짙은 파랑과 다른 눈부신 파란 하늘에는 구름이 띄엄띄엄 흘러가고 있었고, 부둣가 쪽에서 갈매기들의 울음소리가 간간이 들려왔다. 그런 정오를 보낸 후 민박집으로 돌아갔다.


할머니는 마당에 앉아 방금 밭에서 뽑아온 듯한 싱싱한 무를 손질하고 계셨다. 나는 툇마루에 앉아 할머니가 무를 손질하시는 걸 멍하니 바라보았다.

"총각, 무화과 먹어봤소?"

할머니가 물으셨다. 지금까지 무화과는 먹어본 적도 없었고, 심지어 무화과라는 단어를 스스로 말해본 적도 없는 생소한 것이었다.

"아니요. 배 같은 건가요?"

"서울 사람들은 못 먹어봤을 거야."

할머니가 말씀하시며 무화과가 담긴 바구니를 가지고 오셨다.

"지금이 무화과 철이라 무화과가 한창이여."

바구니에 놓인 초록색 무화과를 바라봤다. 호리병처럼 생긴 모양이었다. 할머니는 그걸 칼로 반으로 갈라서 껍질을 벗겨주셨다. 그 무화과를 받아들고 한입 베어먹었다.

오묘한 맛이 났다. 조금 달긴 했지만 뭔가 중요한 것이 빠진 심심한 맛이었다. 부드럽게 씹히는 식감이 꽃 한 송이를 베어먹는 기분이 들었다. 솔직히 맛이 있는지 없는지 알 수 없었다. 내 표정을 살피던 할머니는 웃으셨다.

"집에 갈 때 좀 사 가서 부모님께 드려. 저 아래 버스 터미널에 가면 파는데, 내가 보내서 왔다고 하면 잘해줄 거여."

나는 할머니와 나란히 툇마루에 앉아 알 수 없는 맛의 무화과를 먹었다. 앞에는 씻다 만 무가 대야에 한가득 담겨 있었고 그 옆에서 민박집 개가 킁킁거리며 무 냄새를 맡고 있었다.

그곳에서 이틀을 더 머물고 다시 서울의 집으로 돌아왔다. 할머니가 권한 무화과는 사지 않았다. 엄마는 이제 안 계셨고, 아버지와는 관계가 서먹해서 무화과를 사다 드리기 싫었다. 진도에서 보냈다고 몸이 괜찮아지진 않았다. 그저 이유를 알 수 없는 우울과 불안을 잠시 재웠을 뿐이다.

그때 이후로 무화과를 다시 먹을 일은 없었다. 하지만 요즘 할머니가 주셨던 무화과가 자주 생각난다. 지금도 여전히 밋밋한 맛과 꽃 한 송이를 베어먹는 것만 같은 식감이 떠오른다.

그러고는 '10월이면 진도에 무화과가 한창인데'라고 다정한 말투로 나도 모르게 중얼거려본다.

# 모두 여기서
# 행복해져

아침마다 행복하다고 했다.

작은 손거울 앞에서 화장하고

머리를 묶을지 아니면 풀지를 고민하고

감촉이 좋은 원피스나 블라우스를 입고

하이힐을 신고 걸을 때도

그리고 무엇보다 거울에 비친 자신을 볼 때마다 이제야
진짜 자신을 찾은 것 같다고 했다.


그녀가 가보고 싶어하던, 방콕 도심을 가로지르는 강 건
너에 있는 팩토리 카페에 갔다. 그녀에게 그 카페의 시그니

처 메뉴인 녹차 팬케이크와 아이스레몬티를 권했고 나는 아이스커피를 주문했다. 음료가 나오기 전까지 나는 그녀가 건넨 사진들을 봤다. 최근 사진부터 그녀의 학생 시절까지, 시간은 뒤로 돌진하는 완행열차처럼 거슬러갔다.

어릴 때는 지금과 다른 모습이지만, 그때도 보조개가 한쪽에만 있고 눈이 유난히 큰 건 같았다.

"어릴 때도 귀여웠네."

내 옆에 앉아 사진 하나하나를 설명하던 그녀가 내게 미소 지으며 "정말?" 하고 되물었다. 그리고 〈비디오걸電影少女〉의 주인공 '아마노 아이'처럼 큰 눈을 동그랗게 뜨고 날 올려다보며 기뻐했다. 그녀와 함께 있는 건 다른 여자와 있는 거랑은 느낌이 달랐다. 뭐랄까, 그녀는 영화나 애니메이션 속 캐릭터 같았다. 모든 반응이 비현실적으로 밝고 천진난만해서 그럴 수도 있겠다 싶다.

자신이 다른 아이들과 다르다는 걸 안 건 이른 나이였다고 한다. 정확히 열네 살 때라고 했다. 그녀는 자신에 관한 걸 대부분 기억하고 있었다.

"부모님 반응은 어땠어?"

나는 궁금함을 참지 못하고 실례가 될지 모르는 질문을 했다.

"엄마는 이해해주셨지만, 아빠는 아직도 날 안 보시려고 해" 말하고는 "어쩔 수 없지. 받아들이기 힘드실 거야. 하지만 언젠가 이해해주실 거야. 뭐라 해도 난 아빠의 딸이니깐" 하고 덧붙였다.

나도 그녀 아버지의 마음을 어렴풋이 이해할 수 있을 것 같았다. 받아들이기에는 그녀의 아버지뿐만 아니라 누구에게나 너무나 아리송한 문제일 테니깐.

그녀는 열일곱 살 때부터 매일 호르몬제를 먹기 시작했고, 스무 살에는 가슴 수술을 했다. 여성복을 입고 화장을 하기 시작한 건, 그보다 더 이른 나이였다고 했다. 100퍼센트 여자처럼 보이는 건 아니었지만, 유심히 보지 않고 거리를 걷는다면 그녀는 눈에 띄는 외모의 보통 여자로 보이기에 충분했다. 어떤 사람들은 그녀와 같은 성향의 사람에 대해 편견을 가지고 있다. 그 편견 때문에 대개 변태적 성향이 있다거나 정신이 이상한 환자로 오해하기 쉽지만 그건 정말로 아니었다. 그녀의 정신은 지극히 정상이었다. 어쩌면 나보다 더 정상이고 순수하다고 할 수 있다.

"앞으로는 어떻게 할 거야?"

그녀에게 물었다. 정말이지 그녀의 앞날은 내가 예상할 수 있는 것이 아니기 때문이었다. 그녀는 날 보며 물었다.

"나랑 결혼하고 날 한국으로 데려가줄 수 있어?"

갑작스러운 질문에 진심으로 당황했다. 확신이 없었다. 아무리 내키는 대로 살아온 사람이지만 과연 트렌스젠더랑 결혼할 수 있을지 확신할 수 없었다.

잘 모르겠다고 말하니 그녀는 방긋 웃어 보였다.

"이런 나를 이해해주고 사랑하는 사람을 만나 결혼하는 거, 그게 내가 원하는 미래고 꿈이야."

남자였다가 여자가 된 사람. 육체적으로 남자지만 내면은 완벽한 여자. 수술을 통해 육체적으로도 완벽한 여자가 된다 해도 그녀의 몸에 새겨진 이전 몸이 기억 혹은 그림자. 이건 어려운 문제다.

호기심으로 만난 그녀는 이제껏 생각해보지 못했던 질문을 내 안으로 던졌다. 혹은 그녀들의 취향과 상황은 이해할 수 있다. 진심으로 그녀들이 여자라고 생각한다. 그리고 트렌스젠더에 관한 세상의 편견과 차별에서 그녀들의 편이 되어줄 수도 있다. 그러나 과연 그녀들을 사랑할 수 있는지는 솔직히 나조차도 알 수가 없다. 그건 공부를 많이 한다고 마음이 넓다고 알게 되는 지식 같은 것이 아니니까.

　어쩌면 나도 내 문제가 아니라서 입으로만 그녀들을 이해한다고만 하지, 속으로는 다른 눈으로 바라보고 있을 수도 있다. 하지만 남자에서 여자로, 여자에서 남자로, 그리고 동성을 사랑한다는 일이 내가 사는 세상에서 보편적인 일이 아니기 때문에 이런 식으로 말할 수밖에 없는 것이다. 그러나 인간을 남자와 여자 두 개의 성별로 나누는 건, 세상과 인류의 역사와 미래를 설명하기에 무리가 있다고 생각한다. 왜냐하면 세상이라는 벌판 위에 던져진 우리는 너무 복잡한 존재이기 때문이다.

　그래도, 그녀들에게 행운을 빌어주고 싶다.

　메이의 꿈이 이뤄져 그녀가 아름다운 신부가 되길 말이다.

#

　SNS를 통해 전해들은 소식으로 그녀는 일본으로 건너가 모델이 되었고 일하면서 만난 남자와 결혼했다고 한다.

　이 정도면 해피엔딩이다.

# 너는 괜찮은 사람이란 걸
# 스스로 알아야 해

요조 형은 나를 귀찮아하는 것이 분명하다.

그걸 알면서도 가끔 메시지를 보내거나 전화를 걸지만, 제때 답장을 받은 적이 없다. 이 글을 쓰고 있는 제주에서도 궁금해져서 전화를 걸고 메시지를 보냈지만, 2주째 소식이 없다.

어쩌다 만나도 반가워하는 표정은 없고 늘 뭔가 읽거나 쓰다 얼굴만 쓱 한 번 올려다보고 "안녕" 하고는 다시 자기 일에 몰두한다. 그렇다고 섭섭하지는 않다. 그건 그녀만의 캐릭터이고 그녀가 나를 대하는 방식일 테니깐.

요조 형이 날 반기지 않는 이유를 나는 두 가지 알고 있다. 하나는 오래전 라디오에서 음악을 소개하면서 내가 그녀를 '홍대 여신'이라고 불렀고 그게 별명이 되어 지금까지 '원조 홍대 여신'으로 불리는데, 그녀는 그걸 미친듯이 싫어한다. 그래서 그 별명을 만든 나를 지금까지 미워하는 거다.

또다른 이유는 그녀를 만날 때 "난 쓰레기야, 이제는 독자들을 유혹하는 죽이는 글을 쓸 수 없을 거야" 하며 끝없이 자학하기 때문이다. 다른 사람에게는 좀처럼 하지 않는 말을 그녀에게는 계속 늘어놓는다. 메시지로도 그리고 만나서도 끝없는 불평과 자학질을 한다. 내 이야기를 듣던 그녀는 제발 못나 보이는 말은 하지 말라며, 그렇게 말하는 내가 못나 보인다며 진심으로 짜증을 낸다. 그러면서 "도대체 얼마나 더 사랑받길 원하는 거야?"라고 한다. 그러면 나는 의기소침해져서 "미안" 하고 즉시 굽실거린다. 이런 나의 지질함을 그녀는 못마땅해한다.

내게 엄격한 요조 형이 참 좋다. 그녀가 주어진 일을 티내지 않고 해내는 면을 존경한다. 그녀 특유의 맥아리 없는 차분함도 좋다. 그런 그녀가 어쩌다 나를 칭찬할 때면 진짜 내가 잘한 것 같아 뿌듯해진다.

마지막으로 그녀의 글을 대하는 자세는 본받을 만하다. 자기만의 기준이 정확하게 있고, 쓴 글에 대해서 확신을 한다는 게 부럽다. 나는 정반대로 글을 쓰면서 끊임없이 스스로 의심하고 이게 제대로 쓴 글인가? 아니면 사람들이 좋아할 글인지 아닌지를 생각한다. 그러다보니 요조 형의 글쓰기는 본받고 싶다.

지난여름 밤, 우리는 연트럴파크에서 만났다. 편의점에서 캔맥주를 사서 공원 벤치에 앉아 마셨다. 그땐 코로나가 한창이라 공원에 사람들의 왕래가 드물었다. 그녀가 책 작업은 안 하냐고 물었다. 그때 나는 아무것도 하지 않고 있었다.

"글은커녕 책도 읽고 있지 않아. 매일 게임만 해."

"게임? 그런 걸 했었나?"

"집중하고 싶은데 뭘 해야 할지 몰라서 게임을 시작했어. 그런 거 있잖아 게임 폐인이라는 말. 며칠 밤을 새워가며 게임만 하는 거…… 얼마나 재미있으면 그러겠어. 그래서 시작했는데 나는 게임조차도 집중을 못하겠더라."

그녀는 내게 말했다.

"생선은 왜 자기가 괜찮은 사람이란 걸 모르고 철저히 스스로를 미워해?"

나는 달리 할말이 없었다. 그녀의 말이 정확하다 생각했기 때문이다.

"괜찮은 사람인 건 다른 사람이 말해줘야 하는 거잖아. 그리고 내 이상은 너무 높은데 지금 나는 그걸 반의반도 못 따라가니까 그런가봐."

그후 우리는 말없이 맥주만 마셨고 한 캔을 더 마실까 고민하다 오늘은 이쯤에서 헤어지기로 했다.


늦은 여름밤이었지만 조금은 사늘했다. 집으로 걸어오면서, 그리고 집에 도착해서 씻고 침대에 누워서도 그녀의 질문이 내 안에서 돌림노래처럼 계속되었다. 만약 그때 요조 형이 "넌 네가 생각하는 것보다 괜찮은 사람이야" 말해줬다면 참 좋았겠지만, 그녀는 절대 답을 말해주는 타입은 아니다.

그 물음에 대한 답은 나 혼자서 찾아야 한다.

'나는 정말 괜찮은 사람인가?'

그녀는 나에게 숙제를 남겼다. 아니 어쩌면 '너는 네가 생각하는 것보다 괜찮은 사람인데 왜 미워해?'라는 질문으로 제대로 말해준 건지도 모르겠다. 나는 사람들 말을 제대로 알아듣는 편은 아니니까.

다시 확인받고 싶은데 요조 형은 아직도 내 메시지에 답
이 없다.

그녀는 역시 쉽지 않은 여자다.

# 원래
# 외로운 거라 했다

연애는 적당한 상대를 만나면 그리 어려운 게 아니었다.

사랑은 기침처럼 나도 모르게 갑자기 튀어나오는 자연스러운 거라 생각했다.

누군가에게 나는 연애하기에 적당한 상대였다. 착하진 않지만 상냥한 성격과 유머, (내 생각이지만) 봐줄 만한 얼굴, 작가라는 적당한 직업, 그리고 대충 먹고살 만한 여력이 있기에 그동안 쉼없이 연애를 했다. 하지만 그뿐이었다.

나를 결혼 상대로 보는 여자는 없었던 것 같다. 아니면 그들은 내가 비혼주의자라고 생각했는지도. 적당한 관계를 유지하다 어떤 선을 넘어갈 때쯤 모두 저마다의 이유로 떠났고, 나와는 전혀 다른 스타일의 남자들을 만나거나 아니면 갑자기 결혼을 해버렸다. 내 연애와 이별은 구구단처럼 일정한 패턴으로 이어졌다.

조금 건조하게 말하는 거 같지만, 사실 그 각각의 이별엔 저마다의 아픔이 있었고 아쉬움이 있었으며 잡고 싶은 적도 있었다. 그럼에도 늘 같은 결말을 맞게 된 건 '외로움' 때문이었다.

연애를 할 때도 난 늘 외로웠다. 함께 누워 있고 함께 걸어도, 그리고 함께 밥을 먹어도 빈 배 같았다. 나는 그럴 때마다 내가 진정한 상대를 만나지 못해서 그런 거라 마음으로 생각했다. 분명 사랑하는 사람과 함께 있으면 외롭지 않아야 하는데, 그렇지 않다는 건 그만큼 나는 그녀들과의 관계에 대한 확신이 없었던 것이다. 그러기에 지금까지 만나고 헤어지기를 반복했던 게 아닐까?

지금은 결혼한 옛 여자친구가 내게 말했다. 진정 사랑하는 상대와 사귀고 행복한 결혼을 하고 함께 살아도 외로운 법이라고. 그건 상대방으로부터 파생되는 외로움이 아니라 인간이 가진 자연스러운 감정 중 하나라고 했다.

그녀의 말을 듣고 나는 경악했다. 사랑하는 상대를 만나 함께 살면 고독할 순 있어도 외롭지는 않을 거라 믿었는데, 함께 있어도 외롭다는 사실은 내 사전에는 없는 사건이었다.

다른 친구들에게도 물었다. 정말 연애를 하고 결혼을 해도 외롭냐고…….

당연한 걸 물어본다는 듯 친구들은 약속이나 한 것처럼 모두 그렇다고 했다. 나는 고독이라는 감정하고 착각한 거 아니냐고 물었지만 분명하고도 선명한 감정, 외로움이라고 했다.

내가 남녀관계에 대해 너무 겉으로만 알고 있었을까? 아니면 모두가 그렇고 그렇다는 건지 머릿속이 복잡했다. 나는 고독할 순 있지만 외롭지 않을 거라 생각했다. 그렇기에 우리가 함께하는 게 아닌가?

아무튼 지금의 나로서는 모를 일이다. 진짜 내가 죽이는 상대를 만나 사귀고 결혼하게 되면 알게 되겠지만, 지금 혼자인 난 알 수가 없고 다만 무척 외로울 뿐이다. 사람들이 외롭든 말든 적어도 난 사랑하는 사람과 외롭지 않고 싶다. 나도 그리고 그 사람도 외로움 따윈 견딜 수 있을 거라 믿는다.

\#

최근에 알게 된 것은, 함께 살면서 서로의 외로움을 옆에서 방해하지 않고 지켜봐주는 것도 사랑의 한 부분이라는 사실이다.

나라는 사람은 지금도 외로움과 고독의 차이를 정확히 모르는 것 같다.

그래서 사랑하기에 나는 아직 멀었다.

# 세계를 변화시키는
# 작은 방법

나는 널 돕고, 너는 다른 사람을 돕고,

다른 사람은 또다른 사람을 돕고,

그 또다른 사람은 또또다른 사람을 돕고……

그러다 보면 세상은 점점 친절해질 것이다.

　세상을 바꾸기 위해서 대단한 캠페인이 필요한 것만은

아니다.


　나에게는 치밀한 계획이라는 것이 없다.

　그저 닥치면 그걸 운명이라 생각하고 받아들이자는 식이

다. 그건 삶에 대한 나의 얼마 안 되는 태도이기도 하지만 반복되는 습관적 실수를 야기하기도 한다.

아이슬란드를 일주하고 다시 레이캬비크에 도착했다. 숙소는 얼마든지 있을 것이라 믿고 예약하지 않았다. 여행객이 한껏 몰리는 여름에는 숙소를 구할 수가 없다는 걸 도심에 도착해서야 알게 되었다. 후회해봤자 별 도움이 되지 않기 때문에 도시 외곽에 있는 버스 터미널에서 노숙을 할 수밖에 없었다. 언제든 여행을 하다보면 이런저런 이유로 노숙을 해야 하는 경우가 있었기에 큰 문제는 아니었다. 그때는 온종일 해가 지지 않는 백야의 날들이 이어지고 있었다. 밤 9시가 넘었지만 단층짜리 건물 창으로 정오처럼 햇볕이 들고 있었다. 그 빛은 밝기만 한 것이 아니라 왠지 모르게 지친 기색이 묻어 있는 나른한 빛이었다.

나는 터미널 벤치에 침낭을 펴고 들어가 누워 누에고치처럼 잠이 들었다. 아이슬란드의 여름 기온은 꽤 서늘했지만 못 견딜 정도는 아니었다.


누군가가 나를 흔들어 깨웠다.

"여기서 자면 안 돼요. 이제 문 닫아야 하거든요."

그 말에 눈을 떠보니 매표소 직원이었다. 잠이 덜 깬 몽롱한 상태로 미안하다고 말하고 침낭을 정리하고 나가려는데 그 사람이 물었다.

"잘 곳이 없어요?"

"숙소 예약을 하지 못해서요."

그녀는 나를 의심쩍은 시선으로 훑어보았다.

"예약을 했어야죠."

"원래 머물던 곳이 있었는데 오늘은 예약이 꽉 차서……."

나는 말끝을 흐렸다. 그녀는 한숨을 쉬었다.

"그럼 어디서 머물 거죠? 오늘밤."

대안이 없기에 횡설수설하니 딱한 눈으로 날 바라보다 그녀는 자기를 따라오라고 했다. 평소 같았다면 의심을 하고도 남았겠지만, 난 그때 꼭지가 돌 만큼 졸려서 무작정 그녀를 따라갔다.(여행에서 대가 없는 호의는 늘 먼저 의심해야 한다.)

오래되어 색이 바랜 에메랄드색 세단을 타고 20여 분을 달려 도시 외곽에 있는 집에 도착했다. 거기가 그녀의 집이었다. 그걸 알았을 때 순간 긴장해서 정신이 번쩍 들었다. 처음 만난 사람 집에 순순히 따라 들어가도 괜찮을까 싶었지만, 문 앞까지 따라온 마당에 돌아갈 수도 없어 긴장하며 따라 들어갔다.

아담한 집이었다. 모든 것이 깔끔하게 정리되어 있었고 창문으로 들어온 백야의 빛이 내부를 나른하게 밝히고 있었다. 그녀는 붉은색 소파를 가리키며 오늘밤은 거기서 머물라고 했고, 화장실을 알려주며 샤워하고 싶으면 해도 괜찮다고 말했다. 터미널 벤치에 쭈그리고 누워 있던 게 불과 40분도 안 되었는데 갑자기 맞이한 상상치 못한 상황에 어리둥절한 것도 잠시 곧이어 불안이 밀려왔다. 하지만 몸은 지쳤고 뜨거운 물로 샤워하고 싶은 마음이 간절했기에 그냥 긍정적으로 생각하기로 했다.

따뜻한 물로 샤워하고 나오니 몸을 두르고 있던 묵직한 것이 하수구로 흘러가버린 것처럼 홀가분해졌다. 그녀의 아이로 보이는 남자아이가 날 바라보고 있었다.

"데니스예요. 제 아들이죠."

그녀는 아이를 소개해줬다. 그리고 아이에게도 '이 사람은 세계를 탐험하는 모험가'라고 나를 소개했다. 아이는 부끄러운지 엄마 뒤에 숨어서 날 바라봤다.

짧은 이야기를 나눴다. 어디에서 왔는지부터 시작해서 어떻게 아이슬란드까지 오게 되었는지 여정을 물었다. 난 성의껏 대답했다. 그녀도 자신의 땅인 아이슬란드의 해가 지지 않는 여름과 반대로 해가 뜨지 않는 암울한 겨울에 관해 이 야기해줬다.

그녀가 내준 소파에 누웠다. 자정의 햇살을 가리기 위해 창에다 두꺼운 커튼을 쳐놓은 탓에 거실은 닫힌 피아노 속처 럼 어두웠다. 쉽게 잠들 수 없었다. 혹시 내가 정신이상자에 다가 엽기 살인범에게 납치된 게 아닐까 하는 의심이 가시지 않았다. 하지만 걱정을 오래 하지는 못했다. 당장이라도 눈알 이 팽팽 돌 만큼 피곤이 몰려와 현기증이 났다.

인기척에 깨니 그녀가 문 앞에서 아들을 학교에 데려다 주고 올 테니 더 자라고 했다. 대답도 없이 다시 잠들었다. 그 녀가 연쇄 살인범이든 말든 그때는 무조건 자야 했다. 다시 눈을 떴을 때 그녀는 맞은편 소파에 앉아 바느질을 하고 있 었다. 즉시 정신을 차리고 사과했다.

"늦잠을 잤네요. 죄송합니다."

나는 후다닥 일어나 서둘러 가방을 챙겼다. 그녀는 홍차 한 잔과 토스트를 가져다줬다.

"이렇게 안 해주셔도 괜찮은데……"라고 말하며 아침을 먹었다.

아침을 먹으며 그녀가 바느질하던 것이 뭔지 보게 되었다. 그건 어젯밤 샤워하면서 빨아놓은 내 구멍난 양말이었다. 당황스러웠고 창피하기도 했다. 그녀는 내 마음을 읽었는지 조용히 미소 지었다.

"구멍이 나 있길래 꿰매고 있는데 괜찮아요?"

나는 울컥했다. 그녀가 미치광이나 살인자라도 기꺼이 이 몸을 내줄 수 있었다. 낯선 사람이 신던 양말을 꿰매는 그녀의 모습은 십자가에서 내려진 피 흘리는 예수를 안고 있는 마리아처럼 성스러워 보였기 때문이었다.

"안 해주셔도 괜찮은데, 부끄럽네요."

그녀는 상관하지 말라며 양말 두 짝을 다 꿰매줬다.

"지금은 아이 때문에 그러지 못하지만, 아이가 없을 땐 여행을 자주 다녔어요. 저도 마찬가지로 아무데서나 노숙하고 여러 사람에게 도움을 받았죠. 당신이 그때를 생각나게 해줘서 친근한 마음이 드니깐 부담 가지지 말아요."

"어떻게 신세를 갚아야 할지……"

"나중에 도움이 필요한 사람을 만나면 도와주세요. 그게 저한테 신세를 갚는 거예요."

나는 꼭 그러겠다고 했다. 그리고 그녀가 돌려준 양말을 신었다.

"깨끗한 양말은 있는데, 이건 행운의 양말이라 버리지 못하겠더라고요."

그녀는 미소를 지었다. 그동안 여행에서 위기의 순간에 기적처럼 나타나 아무런 조건 없이 도움을 주었던 사람들이 내게 보여준 그 미소와 닮아 있었다.

이건 오래된 이야기다. 그래도 백야의 레이캬비크의 그녀를 가끔 생각하곤 한다. 그리고 그녀가 해줬던 말도 신념처럼 지키려고 노력하고 있다. 세상에 좀더 온기를 남기기 위해 나는 내 부속품을 기꺼이 아끼지 않아야 한다고…….

'도움이 필요한 사람을 만나게 되면, 먼저 도움을 주는 게 마음을 갚는 일이라는 거. 그런 배려와 온정이 계속 이어지면 결국 세상은 달라질 거예요.'

## 가장 아픈 건 이별이 아니라
## 그 사람이 이제 없다는 거다

'이 지긋지긋한 년.'

그녀가 남자로부터 들은 욕이다. 어떻게 그런 식으로 말할 수 있을까 싶어 내가 물었다.

"네가 진짜 지긋지긋한 년은 아닌 게 확실해?"

"바보같이 자기가 구린 짓을 하다 걸린 거지. 내가 일부러 찾으려고 찾은 것도 아냐!"

그녀가 대답했지만 나는 재차 확인하고 싶었다.

"아니면, 네가 빠져나갈 곳도 없이 궁지로 몬 거 아냐? 갈 데까지 가서 나온 말이 아닐까?"

그녀가 남자친구의 외도와 계속되는 거짓말을 알게 되었을 때부터 나는 원하지도 않았는데 연애 조언자 아니, 모든 이야기를 받아줄 과묵한 갈대숲이 되어야 했다.

칠팔 년 동안이나 연락도 주고받지 않고 지내다 몇 주 전부터 전화를 걸어오더니 그녀는 자신의 문제를 털어놓았다. 몇 번은 받아줄 만했지만, 그것이 반복되다보니 그들의 문제를 듣는 것이 끔찍해졌다.

"왜 나한테 말하는 건데!? 연애 잘 몰라. 그리고 남의 연애는 관심도 없어."

"그러지 말고 들어봐. 이번에는 걔가……."

이런 식으로 시작하는 통화는 계속되었다.


마치 내가 그녀의 남자친구 혹은 모든 남자를 대변하는 존재가 된 것처럼 모든 걸 털어놓고 물어봤다. 그녀의 전화를 피할 수도 있었지만, 내가 착하지는 않아도 나름 친절한 편이라서 묵묵히 받아줄 수밖에 없었다.


결국 그녀의 연애 조력자가 되었다.

그날도 끝도 없는 하소연을 들었다.

내가 내린 결론은 한결같았다. 그건 나도 해봐서 아는데 남자 아니 모든 욕망을 가진 인간이라면 충분히 그러고도 남는다. 아니면 오래 사귀다보면 상대방의 소중함에 소홀해지기 마련이다. 마지막으로 '헤어져'가 나온다. 그게 늘 같은 나의 결론이었다.

사실 제삼자의 입장에서 남의 연애나 결혼생활에 끼어들지 않는 게 가장 좋다. 그러기에는 나는 너무 많이 들어줬고, 그들 관계를 깊게 알아버렸다. 그리고 그녀의 입장에서 본다면 남자친구라는 놈은 분명 제대로 된 새끼는 아니었다.

한동안 전화가 뜸하더니 그날은 울면서 전화를 해왔다. 아니 화가 너무 나서 우는 것처럼 들렸을 수도 있다. 전화를 받자마자 그동안 차마 자존심 때문에 말하지 않았던 사실들을 쏟아냈고, 이걸 보면 나도 자신을 이해할 수 있을 거라며 남자친구가 다른 여자와 나눈 대화를 캡처해서 보내왔다. 그걸 보니 사랑이 시작하기 전의 남녀의 대화였다.

아무리 너그러운 시선으로 봐도 확실히 바람, 외도였다.

그녀에게 "이렇게 바람이 부니 바람개비가 도는 건 당연한 일이지"라고 했다.

마음이 딴 곳에 가 있는 남자들의 행동들을 그도 그대로

하고 있었다. 아무도 모를 거라 생각하며 어설프고 능청스럽게 말이다. 하지만 상대방 입장에서는 딱 봐도 티가 난다. 특히 남자의 경우는 너무 허접하기에 그 흠을 숨기지 못하는 법이다.

그가 한 일들은 그녀의 가슴에 대못을 박았고 그녀로선 미치고 환장할 일이었다.

네가 좋은 사람이라고 생각했던 그 사람이 사실은 사기꾼에다 나쁜 새끼라는 걸 알게 되었다면 미련 없이 떠날 때라고 했다. 하지만 그녀는 이제까지 그와 함께한 시간이나 그가 잘되길 바라는 마음으로 도움을 주고, 센스 떨어지는 그를 위해 머리부터 발끝까지 멋지게 꾸며준 것, 그리고 간혹 보여줬던 애정의 끈을 잡고 갈팡질팡하고 있었다.

헤어져야 한다고, 그런 새끼는 내가 잘 아는데 전혀 개선의 여지가 없다고 했다. 정말 그를 붙잡는 법은 네가 떠나는 거라고 수백 번 말했지만, 그에 대한 마음에 꺼지지 않는 불씨가 남아 있어서 어떻게든 그 남자의 마음을 돌리고 싶어했다. 그러나 부정하지 못할 메시지를 두 눈으로 보고 나서야 헤어짐을 결심했다.

"연애 지독하지? 그거 할 게 못 된다."

이런 하나마나 한 말이 내가 할 수 있는 유일한 위로였다.

사실 나도 그와 다르지 않았다. 나 정도면 언제나 좋은 여자를 만날 수 있을 거라 자만했다. 그리고 설사 이별을 하더라도 별로 신경쓰지 않는 쿨한 사람이라고 생각했다. 그러다 애인이 사라지면 나와 맞는 상대를 찾아 하이에나처럼 헤매고 다녔다. 설사 이 사람과 헤어지더라도 그건 내게 또다른 기회가 생기는 거라고 믿었다.

모두 잘못된 생각이었고 나는 스스로가 괜찮은 남자라고 착각하고 있었다. 내가 꿈꾸던 여자는 어디에도 없었고 나는 주방장이 바뀌어 아무도 찾지 않는 맛집 간판처럼 구슬프게 지냈다.

그 시간 동안 나는 내가 얼마나 별로였는지 알게 되었다. 그리고 내가 누군가와 사귄다는 것은 빛나는 순간만 함께하는 게 아니라 폭우가 쏟아지는 전쟁터에서 한 개비 담배도 나눠 피우는 전우처럼 모든 걸 함께하고 나눠야 한다는 걸 알았다. 나는 이별을 통해 어떤 사람이 좋은 사람인지도 알게 되었다.


그녀의 남자친구와 예전의 내 꼬라지가 별반 다르지 않아서 그 남자의 의도를 읽을 수 있었기에 그녀에게 물었다.

"만약 헤어지고 나서 어느 날 그 사람이 용서 빌면서 다시 만나자고 하면 받아줄 생각 있어?"

"글쎄. 그 사람은 자존심이 세고 자기애가 강해서 다시 돌아오지 않을걸."

나는 예언자처럼 말했다.

"그 남자는 다시 너에게 올걸. 그 남자는 그런 사람이야."

그때는 자신의 오만함과 상대방의 소중함을 깨닫고 스스로 사막을 무릎으로 기어 가로질렀던 옛 중동의 황제처럼 참회하며 그녀에게 돌아올 것 같았다. 그녀는 어떻게 그렇게 확신하느냐 물었다.

"내가 지금 그렇거든. 난 벌을 받고 있어. 옛날 애인들에게 한 악행들 때문에 이렇게 외로움이란 벌을 받고 살잖아. 신은 못된 사람에게 벌을 주니깐. 반드시 벌받을 거야."

"너는 왜 돌아가지 않았어? 여자친구가 안 받아줬어?"

나는 돌아가기에 너무 늦었다고 했다.

덕분에 나는 다시는 어리석은 실수를 하지 않을 거 같다고도 했다.

"지금 네 남자친구는 자신이 얼마나 별거 아닌 사람인지를 스스로 느껴야 하고, 네가 옆에 있었던 시절이 자신의 인생에 얼마나 큰 행운이었는지 알아야 할 때야. 그러려면 내가 떠나는 수밖에 없어. 상호 합의된 이별이 아닌. 네가 더 이상 그의 옆에 없다는 걸 실감나게 만들어야 그 복수는 강력해질 거야."

"어떻게 그렇게 잘 알아?"

"내가 그런 새끼였다니깐."

연애에 있어 가장 강력하고도 충격적인 사실 하나는, 이별이 아니라 온전히 늘 곁에 있을 것만 같은 상대의 부재다.

# 전
## 그런 사람이 아닙니다

6개월을 함께 일했다.

오 피디는 나이는 어리지만, 나보다 더 의젓하고 현명하다. 그래서 나는 그녀가 하는 말이나 의견을 잘 따를 수밖에 없다. 또 유머와 센스도 있어 나의 농담과 진담을 정확하고 빠르게 판단할 수 있는 사람이라서 그녀와 대화하는 건 늘 즐겁다. 일하면서 만난 사람 가운데 내가 참으로 편애하는 사람.

그녀를 오랜만에 라디오 녹음 스튜디오에서 만났다. 우리는 반가워하며 서로 안부를 물었다. 여느 녹음 때와 다르지 않은 날이었다. 하지만 그녀의 옷차림으로 스튜디오 공기는 청초했다. 그녀가 입은 원피스가 그녀에게 너무 잘 어울려 "피디님, 그 옷 입으니깐 진짜 몸매가 예뻐 보여요"라고 말했다. 질척거리거나 놀리는 말은 진심으로 아니었다. 진정 그녀가 입은 옷으로 인해 그녀가 그날따라 더욱 눈에 띄어 보였기 때문이었다.

나의 말에 그녀는 놀라면서 "작가님 그런 말은 적절하지 않아요"라고 했다. 그렇다고 그녀가 화를 내거나 기분이 상해 보이지는 않았다. 그저 내가 말실수를 한 것처럼 말했다.

나는 예상하지 못한 반응에 당황해서 서둘러 사과했다.

"정말 예뻐서 그런 건데, 그리고 정말이지 몸매도 훨씬 좋아 보여요."

"그래도 그런 말씀 하시면 어떤 사람들은 오해하고 신고할지도 몰라요. 저는 작가님이 그럴 분이 아니라는 걸 아니깐 칭찬이나 농담으로 받아들이지만, 요즘 세상에 그렇게 말씀하시면 큰일나요" 하면서 두 손을 앞으로 내밀어 수갑 찬 동작을 하며 '철컹철컹'이라고 했다. 그러면서 "우리 작가님, 젠더 의식에 관해서 공부 좀 하셔야겠어요" 하며 핀잔을 줬다.

엄청나게 당황했다. 그리고 더듬거리며 "오늘따라 더 눈에 띄게 예뻐 보이길래 한 칭찬인데, 그게 문제가 되다니. 세상이 너무 빡빡하네요!" 농담처럼 항변했다. 그녀는 '몸매 예쁘다' 같은 직접적인 표현으로 여성의 신체를 평가하면 안 된다고 했다. 그녀는 내 말을 강하게 비난하진 않았다. 다만 혹시 어디 가서 내가 이런 문제로 구설에 올라 곤란을 겪게 될까봐 진심으로 걱정해서 해준 말이었다.

다시 한번 사과하며 "나 한남충인가봐"라고 풀죽어 말하자, "그 정돈 아니에요"라며 내 사과를 받아줬다.

십대에는 아무것도 몰라 인생이 멈춰 있다고 생각했고,

이십대에는 모든 것이 빨라 정신이 없었고,

삼십대에는 내 것만 챙기다보니 신경을 껐고,

그리고 사십대에는 인식하지 못하는 사이에 사회의 변화와 새로운 가치들이 너무도 빠르게 생겨난 것만 같았다.

특히 사십대에 알게 된 여성에 관한 변화들이 가장 급변했고 나의 생활에 밀접하게 다가왔다.

젠더의식, 시선 강간, 성적 대상화, 성추행, 몰카, 한남충, 페미니즘, 성차별, 탈코르셋, 사회적 약자, 메갈리안, 워마드, 남성혐오, 여성혐오, 성 불평등, 성인지 감수성, 미투…… 언젠가부터 매체를 통해 남성과 여성에 관한 이야기들이 나오기 시작했고, 그동안 숨겨져 있거나 가려진 추잡한 일들이 산불처럼 사회 전반으로 번졌다.

이제까지 사회에서 어떤 일들이 벌어져도 그건 내게는 해당하지 않고 실감나지 않는 타인의 문제라고 생각했는데, 최근 몇 년간 젠더에 관해 쏟아진 일련의 일들은 개인적인 나의 일상을 바꿀 정도로 거대한 변화였고 생각해보고 고민 해봐야 하는 주제가 되었다.

이제까지 나는 차별 없이 살아왔다고 생각한다. 어려서 부터 나에게 여자라는 존재는 신비로웠다. 솔직히 내가 글을 쓸 수 있게 된 것도 여성의 영향이 차지하는 부분이 크다고 고백할 수 있다.

나는 오 피디와의 일로 인해 페미니즘에 관심을 가지고 관련된 책과 영상도 찾아보고 주변 사람들의 의견도 들었다. 그렇게 겨우 인식하게 된 페미니즘은 내가 지금까지 여자에 대해서 말하고 생각하고 행동한 부분들에 오류가 있었고 지극히 남성 중심적 사고였다는 걸 인정해야 했다.

하지만 페미니즘에 관한 책을 읽고 사람들을 만나 이야 기를 들어보면 실제로 각지에서 일어나는 몇몇 일들은 이해 하기 어려운 것도 있다. 워마드나 메갈, 일베의 주장은 페미니즘의 의미로서 여성의 사회적 지위나 인권 문제보다 서로에 대한 미움과 분노를 페미니즘 논쟁으로 인해서 정작 중요한 걸 흐리고 있다는 생각이 들었다. 그건 악의에 찬 싸움이지 여성의 인권과 사회적 지위와는 하나도 상관이 없는데 미디어에서는 계속 그런 부분을 중심으로 보도해서 논쟁을 부추기고 있다는 생각이 들었다.

여성도 남성도 서로가 다르다는 것을 인정하고 그 차이를 좁혀가야 한다고 생각한다. 물론 우리나라는 유교 문화의 뿌리가 깊어 여성에게 보수적이고 불합리한 부분들이 많다. 하지만 오랜 세월 동안 이런 사상들은 어떤 식으로 쌓여 굳어왔고 현대에 들어서는 먹고살기 어려워 여성들의 인권 문제에 신경을 쓰지 않았다. 그러나 지금은 달라져야 한다. 이전에는 없었던 가치들이 익어가는 지금에 이르렀다. 과거처럼 현실적인 문제 때문에 미룬다고 미뤄질 일도 아니다. 이제 우리 모두 그 내부에 대해 논의해야 할 때다. 다만 모두에게 적지 않은 시간이 필요하다는 거다. 여자에게도 그리고 남자에게도 말이다. 충분히 우리는 서로를 이해하고 바뀔 수 있을 것이다.

그동안 이 부분을 충분히 생각하지 않았던 남성들의 잘

못도 분명히 있다는 분위기를 바탕으로, 남자에게 필요한 건 인식을 전환시킬 학습의 시간이다.

엄청난 시간을 쓰겠다는 건 아니다. 그저 무조건 잘못 생각하고 있고 편견에 사로잡혀 있다고 몰아붙이기만 하지 말고 조금은 친절하고 더 잘 이해하도록 자세를 잡을 수 있게 도와줬으면 좋겠다. 그럼 자연스럽고 더 탄탄하게 변할 거라난 생각한다. 그리고 지극히 개인적인 생각이지만 페미니즘은 물론 다른 가치 이전에 필요한 건, 타인을 이해하고 공감하고 도와주려는 마음이 절실히 필요하다는 거다. 우리가 이런 문제들과 함께 문 앞, 신발장 앞까지 와 있다는 데 큰 의미가 있다.

솔직히 이 상황이 다 마음에 안 들기도 하다. 그것은 내가 남자로 태어나 별다른 차별이나 시선을 느껴보지 못하고 살아왔기 때문이 아닌가 싶기도 하다.

그냥 아무도 없는 갈대밭에 가서 소리치고 싶다.

"나는 남자, 여자 아니, 모든 사람들이 밉고 야박해!

모두, 뻑큐나 먹으라지!"

# 너의 제주는
# 잘 있습니다

그녀는 5년 안에 서울을 떠나 제주로 이주해서
당근을 키우며 살겠다고 했다.
내게도 같이 가자고 했다. 나는 당연히 싫다고 했다.
나는 무거운 걸 드는 것도 싫고, 손톱에 흙이 끼는 것도
싫고, 그리고 몸을 반복해서 쓰는 일에 약하다고 했다. 해보
지는 않았으나 분명 내 육신은 농사를 짓기에 적당하지 않다
는 것만큼은 분명하다.

그녀는 몇 주 전부터 농사짓는 법을 가르치는 국비 지원
수업도 듣고 있다고 했다. 15년 넘게 봐온 사이라 그녀의 추

진력과 부지런함을 잘 알고 있어 '얘는 진짜 농사일을 잘하겠구나'라고 생각했다.

나는 글을 쓰기 위해 오로라(개)와 모리씨(고양이)와 함께 이병률 시인이 내준 제주도 집에서 지낸다.

오전 9시부터 12시까지, 오후 3시부터 7시까지 글을 쓰고 이삼일에 한 번은 제주 이곳저곳을 음악을 들으며 드라이브한다.

모두가 칭송하는 것처럼 제주는 아름다운 곳이다. 하지만 나는 자연만 가득한 곳에서 오래 지낼 수 있는 타입은 아니다. 나는 중소도시를 좋아한다. 특히 병원이나 편의 시설이 가까운 곳이 좋고 사람들이 분주하고 오가는 모습을 바라보는 것을 좋아한다.

하지만 제주는 이제까지 가본 자연만 있던 곳과는 많이 달랐다. 일단 드넓은 시야를 확보할 수 있다는 점이 그랬다. 시야를 막는 건, 오름이나 높게 자란 나무들 그리고 한라산뿐, 그것만 뺀다면 시선을 가로막는 게 없어 마치 초원 위에 있는 것처럼 마음마저 넓어진 기분이 든다. 섬이라 날씨가 제멋대로이긴 했지만 바다에서 불어오는 바람에 정화되는 공기는 나의 고향 서울과 비교가 안 될 만큼 맑고 또 맑다.

"제주도는 어때?"

그녀에게서 걸려온 전화를 받던 날, 나는 말馬 목장에 다녀왔다.

말을 타러 간 건 아니고 말을 가까이서 보는 게 좋아서 이곳에 머물면서 자주 가는 곳이었다. 목장은 초록 초원에 자유롭게 말들이 달리고 있었다. 그리고 무엇보다 오로라와 모리씨가 나만큼이나 거길 좋아했다.

"잠시 살기 위해 와서 그런지 평화로운 느낌이야. 이렇게 평화로워도 되나 싶을 정도. 심심할 때도 있지만, 내가 좋아하는 말이 많아서 마음에 들어. 여긴 길고양이보다 말이 더 흔해."

내 이야기에 그녀는 깔깔거리며 웃었다.

왜 제주도로 오고 싶은지 물었다. 그녀는 망설임 없이 대답했다.

"도시가 싫고, 나는 농사를 짓고 싶어. 그리고 바다가 있잖아."

바다.

섬이니 바다는 어디든지 있다. 그녀는 바다를 보면 마음이 평온해져서 바라보는 것만으로도 가슴이 탁 트인다고 했다. 그러면서 내 첫 책에 썼던 구절을 인용했다.

"사람이 살아가면서 산처럼 높아지는 것도 좋지만 바다처럼 넓어지는 것도 의미가 있다고 네가 썼잖아."

거의 잊고 있던 문장을 그녀를 통해 기억해냈다.

"그런 글을 쓴 적이 있었지. 역시 지금 봐도 명문장이야."

썰렁한 내 농담에 어색하게 웃는 건 나였다.

"제주에서 농사지으며 바다를 보고 살면 정말 행복해질 거 같아. 그리고 네 말처럼 마음이 바다처럼 넓어질 거 같아."

그녀는 내게 그렇게 말했다.

내가 쓰긴 했지만, 그저 바다를 비유로 쓴 것이지 실제로 바다를 상상하고 쓴 것은 아니었다. 나는 바다를 좋아하지 않는다. 우선 바다의 그 방대함에 주눅이 들고 금방 압도당해 불안해진다. 그래서 제주까지 왔지만 애써 바다를 찾지 않았다.

솔직히 고백하자면 난 내가 쓴 저 문장처럼 넓어지지 않았다. 그렇다고 산처럼 높아진 것도 아니다. 여전히 뭐든 되기 위해 그때와 마찬가지로 분투중일 뿐이다.


전화를 끊고, 나는 처음으로 근처에 있는 성산 바다로 갔다. 수평선 너머로 해가 지고 있었다. 파도는 끊임없이 몰려

오고 쓸려가기를 반복했다.

노을 진 하늘 위로 갈매기들이 밤을 보낼 곳을 찾아 날아 가고 있었다. 꽤 볼만했다. 짐 자무시 영화에나 나올 법한 장 면 같았다. 하지만 그녀가 느꼈던 것처럼 마음이 평온해지고 탁 트이는 느낌은 받지 못했다. 그렇다고 늘 그랬던 것처럼 불안하지도 않았다. 바다는 가만히 거기에 존재할 뿐이었다. 내가 오기 전에도 그랬고 내가 섬을 떠나더라도 쭈욱 거기에 있을 것이다.

갑자기 초원을 뛰어다니는 말이 보고 싶어졌다. 슬픈 큰 눈을 가진 말이 헉헉거리며 뛰는 모습은 정말 아름답다. 울 타리 안에서 거기가 세상 전부인 것처럼 뛰는 말을 보고 있 으면 그들이 나 같다는 생각이 든다.

우리는 어디로든 갈 수 있지만 동시에 무언가에 갇혀 있 다. 그래서 새로운 일에 도전하고 저마다의 꿈과 이상을 가 지고 살아간다. 누구는 바다를 보며 당근을 키울 계획을 세 우고 다른 누군가는 글을 써서 다른 삶을 통과하고 싶은 것 처럼 말이다.

그녀가 꿈을 이루기 위해 하나하나 준비해가는 걸 보며, 나 는 별 준비 없이 말로만 꿈을 떠벌리고 있는 거 같아 부끄러

위졌다. 모두가 꿈을 꾸지만 꿈에 다가가려는 사람은 결국 그녀처럼 자신을 진심과 열정으로 갈아넣어야 하는 건 아닐까?

예를 들어 마음의 평온을 위해 매주 일요일 오전에 명상을 배운다거나, 불경을 읽기 위해 한자능력시험을 준비하는 것처럼 나도 이제는 몸을 움직일 때라는 걸 알았다. 그래야 꿈이 꿈으로 끝나지 않을 테니깐……

제주를 떠나기 전날 그녀에게 메시지를 보냈다.

"제주는 잘 있네. 당근이 올해는 풍년이라고 하더라.

곧 자네가 키운 당근도 먹을 수 있기를……"

# 젊음은
# 너의 능력도 행운도 아니다

머리를 자르러 갔다.

몇 주 전부터 지나다니며 눈여겨본 작은 미용실이었다. 대로 옆으로 난 샛길로 들어가면 보이는 치즈 가게 옆에 자리하고 있었다. 유리를 통해 안을 들여다보니 벽에는 로맹 가리나 카뮈의 흑백 포스터가 붙어 있었고 복고풍 큰 거울이 한쪽 벽을 차지했으며 중앙에는 미용실 의자 하나가 있었다. 간판은 따로 없었는데, 입구 문 앞 철제 의자에 기대어진 나무판자에 '68의 꿈'이라고 파란 페인트로 적혀 있었다.

반백발의 여자가 있었다. 그렇다고 나이가 들어 보이지는 않았다. 오히려 가위를 들고 있지 않았다면 화가나 작가처럼 보이는 창조적인 아우라가 있었다. 그녀는 손님의 머리를 매만지다 거울에 비친 나를 보며 예약은 했냐고 물었다.

아니라고, 가능하면 예약을 하고 싶다고 했다. 그녀는 그제야 날 바라보며 낡은 예약 노트를 꼼꼼히 살펴보고 "한 시간 뒤에 올 수 있어요?"라고 물었다. 나는 그러겠다고 하고 미용실을 나와 옆 골목에 있는 레코드숍에서 시간을 보냈다.

정확히 한 시간 후 미용실로 가니 그녀는 낡은 소파에 앉아 차를 마시고 있었다.

"일본 사람?"

날 보자마자 물었다. 나는 한국 사람이라고 했다.

"미안해요. 아시아인 잘 구별 못하겠더라고요. 이 근처에 일본인이 많아서 착각했네요."

나는 아무 상관없다고 했다. 그녀는 고개를 끄덕이며 차를 마시겠냐고 물었다. 어색한 불어로 "네"라고 말했다.

그 말이 인상적으로 들렸는지 내가 했던 발음을 몇 번이고 흉내를 내면서 차를 내왔다. 고풍스러운 도자기 잔에 뜨거운 생강차를 담아 가져다주었다. 그걸 마시고 있는 나에게 머리를 어떻게 자르고 싶은지 물었다.

"길을 걷다 스쳐지나간 아름다운 여자가 다시 뒤돌아볼 만큼 매력적으로 해주세요."

그녀는 활짝 웃어 보이며 대답했다.

"맡겨줘. 이 동네에서 최고의 멋쟁이로 만들어줄게요."


그녀는 미용 의자에 앉아 내 머리를 만져보고 이리저리 둘러보았다.

"뒷머리는 조금 다듬고 옆머리는 더 길러도 괜찮을 거 같은데. 당신 생각은 어때요?"

옆머리가 짧은 건 나도 싫다고 했다.

"이 동네 최고 멋쟁이로 만들어준다고 했으니 당신에게 맡길게요!"

그녀는 거울에 반사된 내게 미소 지어 보이며 머리를 자르기 시작했다.

나는 곁눈질로 미용실 안을 바라봤다. 한쪽 벽에는 〈라스 베이거스의 혐오와 공포〉 포스터가 붙어 있었다. 나는 그녀에게 그 영화를 좋아하냐고 물었다.

"영화보단 원작 책을 더 좋아해."

"리처드 S. 톰슨."

작가의 이름을 말하자, 그녀는 놀라는 표정으로 "좋은 취향을 가졌네"라고 했다.

우리는 '톰슨'에 대해 이야기를 나누었고 그녀는 '제퍼슨 에어플레인Jefferson Airplane'의 초창기 앨범을 틀어줬다. 음악을 들으며 머리를 자르고 있는데, 문이 열리고 어린 남자 무리가 안쪽으로 머리를 들이밀고 불어로 한참을 이야기했다. 그녀는 짜증난 목소리로 그들에게 뭐라고 쏘아붙였다. 소년인지 청년인지 모를 이들은 신경질을 내듯 문을 꽝 닫고 가버렸다.

"뭐라고 해요?" 내가 물었다.

"젊은것들은 예의가 없어. 예약해야 한다니깐 화를 내고 가는 거야."

그녀는 고개를 절레절레 저으며 말했다.

"이 나라의 문제점은 불법 이민이나 부패한 정치가 아니라, 젊은 놈들이 예의도 없으면서 무식하다는 거야."

그녀의 말을 가만히 듣고만 있었다. 내가 프랑스 사람이 아니고 이 나라의 문제에 대한 정보도 없어서 달리 동조하거나 부정할 말도 없었기 때문이다.

"몇 살이야?"

그녀가 내게 물었다. 마흔 살이라고 대답했다. 그녀는 거울에 비친 내 얼굴을 보며 "어려 보이네. 이십대인 줄 알았는데……"라고 했다.

"아마 아시아인이라서 그럴걸. 지금은 젊어 보일지 몰라도, 곧 바람 빠진 풍선처럼 하루아침에 늙어버리겠죠."

그녀는 소리 내서 웃었다.

"요즘 애들의 문제가 뭔지 알아? 자신들은 절대 늙지 않을 거라고 믿는다는 거지. 그리고 나이든 사람은 처음부터 늙어 있었을 것으로 여기는 거야. 자신들의 젊음이 권리인 줄 알아. 어리석은 것들."

나는 거울 비친 그녀를 보며 고개를 끄덕였다.

"나는 쉰 살이 넘었어도 늙었다고 생각하지 않아. 물론 나이가 들긴 했지. 그렇지만 내 마음마저 늙어버린 건 아니야. 나도 저 애들 나이 때는 음악과 예술을 몹시 사랑했고, 술에 취해서 춤을 췄고, 친구들과 파리 시내를 밤새 걸어다녔어. 마약에도 취하고 멋진 사랑도 하고 여행을 하며 전 세계를 떠돌아다녔지. 그리고 저들은 겪어보지 않은 68혁명 때는 바리케이드에서 경찰들에게 돌을 던지고 시민의 권리와 자유에 대해서 외쳤지. 그런데 이제 늙었다고 젊은것들이 마치 골동품 취급을 해."

그녀는 머리 자르는 걸 멈추고 감상에 젖어 내게 말했다.

"이해해요. 모두에게 청춘은 있는 거니까요."

"나이든 사람에게 어떻게 하라고 강요는 하지 않겠어. 다만 그들에게도 찬란한 젊음이 있었다는 걸 알아줬으면 해. 그리고 여전히 꿈을 꾸며 살아가고 있다는 사실 또한 말이지."

잠시 어디선가 시계 초침 소리가 들려왔다. 이름 모르는 식물이 자라고 있는 화분 쪽에서 나는 게 분명했다.

"언젠가 부모님 사진을 본 적이 있어요. 사진 속 엄마 아빠는 이제까지 알고 있던 모습이 아니었어요. 당신이 말한 것처럼 반항적인 눈빛이었고 이제까지 내가 본 적 없는 표정으로 웃고 계셨어요. 그 사진을 보니 엄마 아빠가 다르게 보이더라고요."

그녀는 부드럽게 미소를 지으며 아름다운 이야기라고 말했다.


머리를 다 자르고 의자를 돌려가며 머리 스타일을 내게 확인시켜줬다. 거울에는 어색한 모습의 내가 있었다. 이제까지와는 조금 다른 스타일이었다. 마음에 들고 안 들고의 문제가 아니라 마치 딴사람 같았다. 그녀는 얼굴에 붙은 머리카락을 꼼꼼하게 털어줬다.

"너는 어떤지 모르겠지만, 나는 마음에 들어."

난 대답 대신 미소를 지어 보였다.

"지금은 어색해도 며칠만 지나 자리잡으면 더 예뻐질 거야."

그리고 담배를 권했다.

우리는 가게 앞에서 담배를 피우며 좋아하는 음악과 책에 관해 이야기했다. 우리는 취향이 비슷했다. 그녀는 자신이 히피였다고 했다. 청춘의 대부분을 샌프란시스코와 보스턴에서 살았다면서, 그때가 참 좋았지만 지금도 행복하다고 했다.


그녀와 헤어지고 지하철을 타고 집으로 돌아오는 길에 그녀가 마지막으로 했던 말을 되새겼다.

'그때 우리의 젊음이 세상을 변화시킬 수 있다고 생각했지만 우리는 바꾸지 못했어. 그렇다고 우리가 진 건 아니었어! 대신 우리는 엄청난 흔적을 만들어냈으니깐.'

모두가 영원히 젊을 수는 없다는 말이 새삼스레 다가왔다. 언젠가부터 무심히 나이가 들면서 지금과는 다른 모습으로 변할 것이고, 어쩌면 사회에서 소외될지도 모른다. 나 또

한 부식될 것이다. 그래도 우리는 우아함과 낭만을 잊어서는 안 된다. 우리 인생의 후배들에게 나이드는 것이 얼마나 멋질 수도 있는 일인지 보여줘야 한다.

나보다 먼저 삶을 살아간 인생의 선배들이 우리에게 남긴 고마움들이 그랬던 것처럼…….

그리고 젊음은 능력도 행운도 아니다. 그건 누구에게나 공평하게 주어지고 어느 순간 사라져버리는 것이다. 그렇기에 젊음이 찬란한 것이리라!

# 들리지 않는
# 고독 속에 산다는 것

누구에게나 어린 시절을 함께 보낸 엄마 친구의 딸은 한두 명 정도 있다.

나와 열 살 넘게 차이 나서 언제나 꼬맹이로 생각했다. 그런 엄마 친구의 딸이 지금은 서른 살이라는 걸 작년에 알았다. 본가에서 독립을 하고 난 후 자주 가지 않아서 왕래가 뜸해지고 나이가 들기 시작하면서 자연스럽게 우린 멀어졌다. 어머니까지 돌아가시고 나니 더욱 소식을 전해 들을 길이 없었다.

엄마 친구 딸은 미술을 했었다. 화선지에 먹으로 동양화를 그렸지만, 현재는 학교 졸업 후 그림은 관두고 일반 회사에 취직해서 지낸다고 했다. 내가 기억하는 개는 어릴 때부터 보는 시선이 특별했고 참 조용한 아이였다. 처음 그림을 권한 것도 나였다. 그때 걔가 겨우 초딩 때였다.

결국 그림을 그만뒀다는 소식을 들었을 때 아쉬웠다. 계속하다보면 좋은 성과가 있을 테고 그녀가 정말 잘할 수 있는 일이라고 믿었기 때문이다.

하지만 걔의 선택을 이해할 수는 있었다. 예술이라는 건 호락호락하지 않고 앞으로 어떻게 될 거라는 확실한 기약이 없다. 안정적 생활이 보장되지도 않는다. 오직 자신만을 믿어야 살아남는다고 하는데 그 말도 참 재수없다. 그래서 대부분의 예술가들이 스스로 지쳐 그만둔다. 나도 글을 쓰고 있지만, 항상 다른 일을 찾고 있다. 평생을 글만 쓰며 책상 앞에서 지내는 게 아깝기도 하고 생활인으로서 눈치보지 않고 세상을 살아가는 일이란 게 녹록지 않기 때문이다. 어느 시대나 예술가의 삶은 빡세다.

어쩌다 연락이 닿아 메신저로 이런저런 이야기를 주고받기 시작하면서 우리는 다시 친해졌다. 엄마 친구 딸의 회사 이야기나 매일 특별할 일 없는 내 이야기를 주고받는다. 가끔은 새롭게 발견한 그림이나 음악 링크를 보내기도 하는데, 그것에서 영감 같은 걸 받아 취미로라도 그림을 다시 그리길 바라는 마음에서였다. 우리는 서로 감성적으로 통하는 게 있어서 걔도 분명 마음에 들어할 거라는 확신이 있었다.

그림이나 사진 같은 이미지에는 답장이 바로 왔지만 음악에는 특별한 말이 없었다. '음악이 마음에 안 드나?' 싶었지만, 그래도 상관없이 걔가 좋아할 만한 음악을 가끔 보냈다.

어느 비 내리는 날, 라이브 영상을 보냈다. 16분이 넘는 '갓스피드 유 블랙 엠퍼러Godspeed You Black Emperor'의 〈Storm〉 연주곡이었다. 마지막 숨이 끊어질 듯 연약하게 반복되는 기타 연주와 계속 묵직한 리듬, 그리고 후반부로 갈수록 밀려오는 파도 같은 연주를 듣다보면 지금까지 본 적 없는 강력한 장면이 생각나서 걔한테 꼭 들려주고 싶었던 노래였다. 보내고 나서 한참 대답이 없었다.

몇 시간이 흐른 후 엄마 친구 딸에게 답장이 왔다.

"오빠, 나 귀 안 들리는 거 몰라?"

그 말에 아찔함이 일었다. 어떻게 그걸 그렇게 까맣게 잊고 있었는지…….

엄마 친구 딸은 귀가 들리지 않는다. 어릴 때 병을 앓고 나서 소리를 들을 수 없게 되었다. 멍청하게도 그 사실을 잊고 있었다. 가만히 생각해보니 그동안 통화를 하지도 않았고 만난 지도 어언 10여 년이 되다보니 까맣게 잊고 있었다. 그 제야 왜 음악에만 대답이 없었는지 이해가 되었다.

"아. 솔직히 잊고 있었네. 네가 못 듣는다는 걸."

"하하하. 오빠는 다른 세상에 사나봐. 잊어버릴 게 따로 있지. 그걸 어떻게 잊어?"

"미안. 내가 실수한 거 맞지?"

내가 당황해서 말하자 그녀가 말했다.

"아니야. 설마 오빠가 내가 못 듣는다는 걸 까먹었을 거라 고 상상도 못했지. 역시 오빠다워."

사소한 일도 아닌데 그걸 잊고 있었는지. 나의 이런 무심 함에 죄책감을 느꼈다.

"어떤 말로도 변명이 안 될 거 같아. 난 그저 죽이는 음악 을 들으면, 네가 다시 그림을 그리고 싶어하지 않을까 해서 보냈는데. 괜한 상처를 주고 말았네. 정말 미안하다."

"어쩐지. 그래서 계속 보냈구나. 오빠가 다시 그림 그리 라고 신경써준 게 오히려 고마운데. 이제까지 나한테 그림을 다시 그려보라고 한 사람은 없었는데. 오빠는 그걸 기억하고 있었구나."

나는 연민도 동정도 섞고 싶지 않았다. 만약 그랬다면 오히려 걔가 더 불편해할 테니깐.

"안 들린다고 해서 특별히 불편한 건 없어. 오히려 조용해서 좋기도 해. 안 들으니깐 좀더 집중하게 되고 많은 걸 상상할 수 있기도 해. 오빠 말처럼 당장은 아니지만 다시 천천히 그림도 그리려 해. 그래서 아이디어 같은 거 있으면 적어놓고 있거든. 그게 몇 권이나 된다니깐. 그림을 완전히 포기한 건 아니니깐 기대해줘. 그리고 들을 순 없지만 오빠가 보내주는 영상을 보면 많이 자극받아. 들려서 표현할 수 있는 것도 있지만 안 들려서 표현하고 상상할 수 있는 게 더 많더라고."

이렇게 말한 그녀는 쾌활한 이모티콘을 내게 보냈다. 그 말을 몇 번이나 다시 읽어보고 나는 속으로 조금 울었다.


음악 소리도, 사랑하는 사람의 속삭임도, 파도 소리도, 바람 소리도, 세상을 어지러이 채운 소음도, 그리고 면봉이 귓속에 닿을 때 들리는 아스락거리는 소리도 들을 수 없다는 건 어떨지 가만히 상상해본다. 그녀에게 세상은 우리가 알고 있는 것과는 달리 평평해 보일 것이다. 온종일 해가 지지 않던 백야의 아이슬란드 바닷가에서 느꼈던 감정처럼, 모두가 나만 남기고 숨어버린 것처럼 쓸쓸할지도 모른다. 아니다. 이건 나만의 편견이고 관점일 것이다. 그도 그럴 것이 그런 쓸쓸함 속에서 안간힘을 다해 살고 있을 것으로 생각한 그리고 이제는 커버린 그녀는 나보다 강했고 의연했으며, 어쩌면 내가 듣고 사는 세상의 부스럭거림에 더 귀를 기울이고 있는지도 모른다.

개가 아니었다면 생각해보지 못했을 거대한 지점을 힘껏 열었다. 아픔일 수 있는 부분을 아무렇지 않게 받아들이며 살아가는 그녀를 보며, 인간의 세계라는 건 내가 생각한 것보다 더 강하고 밝다는 걸 겨우 알았다.

# 사랑은 기차처럼
# 제시간에 맞춰 와야 한다

뽀얀 얼굴에 볼륨이 있는 머리,

바람에 부드럽게 하늘거리는 원피스, 쌍꺼풀 없는 두 눈을 돋보이게 그린 아이라인, 그리고 두툼한 입술에 바른 빨간 립스틱과 봄날의 아지랑이처럼 나른한 미소.

언제나 상상하던 그녀를 현실에서 마주했을 때 나는 알아차렸다. 이 사람이 바로 내가 기다리던 사람이라는 걸. 그렇다고 흥분해서 내 마음을 무작정 고백하거나 그녀의 주변을 천체처럼 맴돌았던 건 아니었다. 용기가 없어서가 아니라 막연하게 기다려왔던 사람을 만난 설렘을 찬찬히 느끼고 싶은 나만의 속도였고 방식이었다.

내가 그 사람을 만났다고 해서 로맨스 영화에서나 일어날 극적인 일들이 일어나진 않았다. 그녀는 유독 바빴고 나도 그때부터 여기저기 여행을 다니기 시작해서 몇 년 동안은 마주칠 일이 없었으므로, 자연스레 진정 국면으로 넘어갔다. 그렇다고 그녀를 잊은 건 아니었다. 그저 언젠가 돌아가야 할 이상향처럼 그렇게 생각했다.

그건 오판이었다. 우리가 다시 만났을 때 많은 게 달라져 있었다. 기류부터가 달랐으며 오직 그녀에 대한 내 마음만 그대로 머물러 있었다.

그녀와 난 이제 어떤 사이도 무엇도 될 수 없었다. 우기기라도 한다면 친구라도 될 수 있었겠지만 나는 그러고 싶지 않았다. 전설은 전설로 남아야 하는 것처럼, 우리가 함께할 수 없다면 친구 따위로도 남고 싶지 않았다. 그것이 내 이상형에 대한 예의라고 생각했다.

비겁한 변명을 한다면, 그때 나는 그녀와 함께할 만큼 성숙하지 않았고 그 사랑을 잡는 일보다 몰두해야 할 다른 일이 있었다. 그렇기에 슬그머니 미뤄두는 척 몇 발자국 멀리 떨어지기로 했다.

그해 여름이 가기 전, 서래마을의 한 카페에서 몇 년 만에 만난 그녀에게 말했다. 나와 당신 사이에 그렇고 그런 이야기가 있었노라고 말이다.

그녀는 전혀 몰랐지만, 자신이 나의 이상형이라 건 고마운 일이라고 했다. 그리고 분명 자기보다 더 좋은 상대가 나타날 거라고 했다.

"만약 지금 우리가 십여 년 전 그날처럼 처음 만났다면 얼마나 좋았을까? 그렇다면 완벽했을 텐데……."

그녀는 그저 미소를 지어 보였다. 백합처럼.

그녀와 헤어지고 집으로 오는 길. 나는 양화대교를 건너 강변북로로 진입했다. 저 먼 곳으로 보이는 뭉게구름들이 한 방향으로 지나가고 있었다. 평화로운 절망이 흘러가고 있었다. 아쉬운 것들은 진하게 남아 있고, 알 수 없는 것들은 머리가 아플 지경으로 쏟아진다. 그것이 고작 사랑의 형태란 말인가.

첫 만남은 제시간에 도착했지만, 오늘 우리의 만남은 내가 너무 늦은 거라고 혼자 중얼거렸다. 그래도 기분은 나아지지 않았다.

사랑을 운명과 우연에만 맡기기에는 너무 무책임하다.

정확히 말하자면 사실 그건 시간 문제다.

만약 모든 것이 제시간이었다면, 나는 음악들과 책들과 내 모든 이야기를 그녀에게 주고 사랑한다고 투항했을 것이다.

하지만 늦었다.

지금 그 시간은 지나버렸다.

에필로그
# 당신을 보고 내가 하는 말

언젠가 여자에 대해서 이야기하고 싶었습니다.

살아오면서 남자보다는 여자들에게 더 좋은 영향을 많이 받았습니다. 어릴 때부터 주변에 여자가 많은 환경에서 자라서 그런지 여자에게 받은 감정들이 많습니다. 제가 말하는 '영향'이란 들어는 봤으나 실제로 느껴보지 못한 감정들이나 특별한 지식 그리고 사유와 행동도 있습니다.

사십대 중반이 된 지금 나의 청춘에 영향을 준 여자들에 대해 이야기하고 싶은 마음에 이 글을 썼습니다.

이 글은 절대 사랑 이야기만은 아닙니다. 나에게 기억이나 글을 쓸 수 있게 자극을 준 여자들의 이야기입니다.

페미니즘, 이성에 대한 차별, 단순하지만은 않은 남녀 간의 문제가 진행중입니다. 그 틈은 쉽게 좁혀지고 있진 않습니다. 남자와 여자가 서로 다르기 때문일지도 모르죠. 어떤 면에서는 남자가 잘하는 것이 있고 또다른 면에서 여자가 더 잘하는 것이 있습니다. 남녀의 문제는 바닥에 하나의 선을 긋고 같은 선에서 출발하는 경주와는 다르다고 생각합니다.

지금까지 여성에 대해 무지했고 배려가 부족했습니다. 내가 잘못인지 아니면 대한민국이라는 사회가 모순적이어서 그런지는 모르지만 이렇게 이야기하다보면 달라지겠죠. 서로 다르지만 동등해야만 하는 시대입니다. 다만 우리가 서로 다르다는 건 인정해야 합니다. 우리가 해야 할 건 서로에 대한 배려와 인정입니다.

남자는 여자에게 배울 것이 있고
여자는 남자에게 의지해도 괜찮을 것입니다.
그래서 남자와 여자는 서로의 선으로 각자의 인생과 우리 모두의 세상이라는 지도를 완성해갑니다.

# 우리는 닮아가거나 사랑하겠지

| | |
|---|---|
| 1판 1쇄 | 2022년 6월 2일 |
| 1판 2쇄 | 2022년 7월 20일 |

| | |
|---|---|
| 지은이 | 김동영 |

| | |
|---|---|
| 책임편집 | 이희숙 |
| 편집 | 나희영 이희연 |
| 디자인 | 최정윤 조아름 |
| 마케팅 | 황승현 |
| 브랜딩 | 함유지 함근아 김희숙 박민재 박진희 정승민 |
| 제작 | 강신은 김동욱 임현식 |

| | |
|---|---|
| 펴낸이 | 이병률 |
| 펴낸곳 | 달 출판사 |
| 출판등록 | 2009년 5월 26일 제406-2009-000034호 |

| | |
|---|---|
| 주소 | 10881 경기도 파주시 회동길 455-3 |
| ✉ | dal@munhak.com |
| 🐦ⓕ🅾 | dalpublishers |

| | |
|---|---|
| 전화번호 | 031-8071-8682(편집) |
| | 031-8071-8671(마케팅) |
| 팩스 | 031-8071-8672 |

| | |
|---|---|
| ISBN | 979-11-5816-151-4  03810 |